Robin Stevenson

Die Unmöglichkeit des Lebens

ROBIN STEVENSON

DIE UNMÖGLICHKEIT DES LEBENS

Aus dem amerikanischen Englisch
von Inge Wehrmann

GULLIVER
von BELTZ & Gelberg

Ebenfalls lieferbar:
»Die Unmöglichkeit des Lebens« – im Unterricht
in der Reihe *Lesen – Verstehen – Lernen*
ISBN 978-3-407-63168-8
Beltz Medien-Service, Postfach 100565, 69445 Weinheim
Kostenloser Download: www.beltz.de/lehrer

Für Pat Schmatz

Dieses Buch ist erhältlich als:
ISBN 978-3-407-78999-0 Print
ISBN 978-3-407-74930-7 E-Book (EPUB)

Die Originalausgabe erschien u.d.T. *The World Without Us*
bei Orca Book Publishers, Victoria (Canada)

Übersetzung: Inge Wehrmann
Lektorat: Matthea Dörrich
Neue Rechtschreibung
Einbandgestaltung: Cornelia Niere, München,
unter Verwendung von Motiven von Shutterstock
Druck und Bindung: Beltz Grafische Betriebe, Bad Langensalza
Printed in Germany
1 2 3 4 5   23 22 21 20 19

Weitere Informationen zu unseren Autor_innen und Titeln
finden Sie unter: www.beltz.de

FREIER FALL

Jeremy steht an der niedrigen Betonmauer, die sich über mehrere Meilen an der Kante der *Sunshine-Skyway*-Brücke entlangzieht. Der Wind peitscht ihm das Haar aus der Stirn und bläst uns kühle, salzig riechende Nachtluft ins Gesicht. Jeremy stützt die Hände auf die Mauer und beugt sich übers Wasser. »Komm hier rüber, Mel!«

Die Mauer reicht mir nur bis zur Taille, und als ich mich davorstelle und nach unten schaue, wird mir ganz schwindelig – als könnte ich allein durch die Schwerkraft hinuntergezogen werden. Weit unter mir liegt das tintenschwarze Wasser. Zitternd trete ich zurück und blicke zu Jeremy auf. Er hält das Gesicht in den Wind, und ich präge mir sein Profil ein, als machte ich ein Foto: das schwarze Haar, das ihm aus der hohen Stirn geweht wird, die lange, etwas gekrümmte Nase, die leicht geöffneten Lippen, den ernsten Blick. Entschlossen.

»Jeremy?«, sage ich. Meine Stimme kommt mir fremd vor. »Wir ziehen das doch nicht wirklich durch, oder?«

»Doch.« Er sieht mich an. »Du hast gewusst, dass wir's tun werden.«

»Keine Ahnung. Ich hab nicht geglaubt, dass wir wirklich so weit gehen.«

»Wir werden nichts spüren. Es wird schnell gehen, Mel. Ganz schnell.«

Ich stelle mir die endlosen Sekunden des Fallens vor, die verlangsamte Zeit, das dunkle Wasser, das auf mich zurast. Wird mein ganzes Leben vor meinen Augen aufblitzen? Oder ist das nur ein Mythos?

»Komm!«, fordert Jeremy mich auf. »Nimm meine Hand. Wir springen zusammen.« Er streckt die Hand nach mir aus, ich ergreife sie und wundere mich, wie warm sie ist. Mit der anderen Hand klammere ich mich noch fester an den Stahlpfosten des Halteverbotsschildes, neben dem wir geparkt haben.

Wahrscheinlich klingt es verrückt, aber ich habe schreckliche Angst, zu fallen.

»Es ist okay, Mel«, sagt Jeremy. Seine Stimme ist so leise, dass ich ihn bei dem Wind, der durch die Brückenkabel heult, kaum verstehen kann.

»Jeremy.« Ich fange an zu weinen. »Hör auf. Bitte.«

»Hast du es dir anders überlegt? Denn wenn es so ist ...«

»Vielleicht«, erwidere ich. »Ich weiß nicht.« Mittlerweile ist mein Weinen in Schluchzen übergegangen. »Ich *weiß* es nicht.« Jeremy glaubt, dass wir zurückkehren, dass wir wiedergeboren werden. Ich weiß nicht, was ich glaube. Ich hatte nie solche Träume wie er. Wenn ich ehrlich bin, denke ich, das hier ist alles, was es gibt: Du kriegst nur eine Chance, ein Leben, und du hast nur die Wahl, ob du es leben willst oder nicht. Wenn wir springen, wird sich die Welt einfach ohne uns weiterdrehen.

»Komm schon«, drängt er. »Wir tun's jetzt. Bereit?« Er schwingt ein Bein über die Mauer.

»Nein. Jeremy ...« Ich greife nach seinem Arm, und das Gewicht seines hinabstürzenden Körpers reißt mich nach vorn. Etwas in meinem Inneren schreit: *Nein, nein, nein!*, und mein Herz hämmert so verzweifelt in meiner Brust, dass es wehtut, aber es ist zu spät, meine Füße heben sich vom Boden, ich werde fallen ...

Doch dann rutscht mir Jeremys Ärmel aus der Hand. Panisch suche ich Halt, umklammere den Stahlpfosten, zappele mit den Beinen, versuche, mit den Füßen wieder Halt auf der Brücke zu finden. Ich bin noch hier, stehe an der Kante.

Und Jeremy ist fort.

Ich starre hinab in die Dunkelheit, die ihn verschluckt hat. Es ist, als wäre die Zeit stehen geblieben. Ich kann nichts sehen, kann nicht einmal die Wasseroberfläche unter der Brücke erkennen. Da unten ist nichts als Schwarz, ein undurchdringliches, schwarzes Nichts.

Ich könnte es immer noch tun, könnte immer noch springen ... aber ich weiß längst, dass ich es nicht tun werde. Ich wende mich von der Brüstung ab und sehe ein Auto nach dem anderen vorbeifahren. Leute, die ihr Leben weiterführen, als sei nichts geschehen. Niemand hält an. Meine Beine fühlen sich an wie Pudding. Mein Atem geht unregelmäßig und keuchend. Entferntes Sirenengeheul wird lauter, und am Ende der Brücke blitzen rote und blaue Blinklichter auf. Ich warte wie erstarrt, bis ein Polizeiwagen rechts heranfährt und ich jemanden rufen höre. Erschöpft sinke ich zusammen, lehne mich mit dem Rücken an die Betonmauer. Ich zittere am ganzen Körper und meine Zähne schlagen aufeinander. Zwei uniformierte Männer steigen aus dem Auto. Einer von ihnen kommt langsam auf mich zu, mit erhobenen Händen, die Handflächen nach vorn, als würde er sich einem wilden Pferd nähern, das er nicht erschrecken will. »Ist schon gut«, versucht er mich zu beruhigen.

Aber nichts ist gut. Nichts wird je wieder gut sein. »Er ist gesprungen«, sage ich. »Jeremy ist gesprungen.«

»Willst du nicht ins Auto einsteigen?«, fragt er. Er ist ein älterer Typ mit grauem Stoppelhaar und müden Augen. »Bei dem Wind wirst du noch krank.«

»Was ist mit Jeremy?«

»Ein Rettungsboot ist schon unterwegs und sucht nach ihm«, erklärt er. »Jemand hat ihn springen sehen und es gemeldet.«

Damit sie nach seiner Leiche suchen, denke ich. Mehr ist da unten nicht zu finden. All das, was ihn zu Jeremy gemacht hat, ist fort. Ich setze mich in Richtung Auto in Bewegung und sehe, wie sich die Körperhaltung des Polizisten entspannt. »Er ist einfach gesprungen«, wiederhole ich. »Ich hab nicht geglaubt, dass er es wirklich durchzieht.«

»Schon der Vierzehnte in diesem Jahr«, sagt der zweite Mann. Er lehnt am Wagen, und hinter ihm steigen die beleuchteten, gelben Brückenkabel in den nachtschwarzen Himmel auf – wie ein schimmerndes Kunstwerk von bizarrer Schönheit. Als ich näher komme, richtet er sich auf und öffnet die hintere Wagentür. »Steig ein und wärm dich auf.«

Ich setze mich auf die Rückbank und schlinge die Arme um mich. Der erste Polizeibeamte nimmt neben mir Platz und sein jüngerer Kollege klemmt sich hinters Steuer. Die Türen werden automatisch verriegelt, vielleicht weil sie fürchten, ich könnte nach draußen stürmen und über die Betonbrüstung springen.

Sämtliche Muskeln in meinem Körper vibrieren wie straff gespannte Drähte. »Ich hab nicht geglaubt, dass er es ernst meint«, murmele ich. »Hab nicht geglaubt, dass er es wirklich tut.«

»Ich bin Officer Jeffers«, stellt sich der Polizist, der neben mir sitzt, vor. »Wie heißt du?«

»Melody.«

»Melody, wart ihr ein Paar, du und der Junge, der gesprungen ist?«

Ich schüttele den Kopf. »Wir waren nur Freunde.« Ich fühle mich wie betäubt. Nichts von alldem hier scheint real. »Sein Name ist Jeremy Weathers.«

Der Polizist am Steuer spricht in sein Funkgerät. Dann dreht er sich zu mir um. »Weißt du seine Adresse?«

Ich sehe Jeremys Elternhaus vor mir: ein eingeschossiger Bungalow, Palmen auf dem Rasen. »Ähm, *Lakewood Estates*«, sage ich. »Er wohnt bei seiner Mom ... kann mich nicht an die Hausnummer erinnern. Die Straße heißt *Desoto Street,* nicht weit vom *Columbus Way.*«

Der Polizist gibt die Informationen weiter, und ich stelle mir vor, wie jemand losfährt, durch die breiten, dunklen Straßen des Viertels, die lange Einfahrt hinauf. Ein Polizist klopft an die Tür, Jeremys Mutter öffnet. Wahrscheinlich trägt sie einen Bademantel, da sie mitten in der Nacht geweckt wurde. Sie sieht den Polizisten vor der Tür stehen und spürt, wie eiskalte Angst ihr Herz erstarren lässt.

Meine Anwesenheit in der jetzigen Situation ist nicht vorgesehen. Jeremy und ich haben nie über die Zeit nach dem Sprung von der Brücke geredet. Ich habe nie darüber nachgedacht, was danach geschehen würde.

Ein Danach war nicht vorgesehen.

»Der Mann, der es gemeldet hat, meinte, du hättest an der Mauer gestanden, neben dem Jungen, der gesprungen ist«, sagt Jeffers, der ältere Polizist. »Es sah aus, als hättest du versucht, ihn davon abzuhalten.«

Ich schaue ihn verständnislos an und die beiden Männer tauschen einen Blick.

»Wir bringen dich jetzt ins Krankenhaus.« Er greift nach dem Sicherheitsgurt und schnallt mich an. »Sollen wir jemanden dorthin bestellen? Deine Mom vielleicht?«

Ich schließe die Augen und wünsche mir einen Moment lang, ich wäre auch gesprungen. Aber nicht im Ernst. Denn in dem Augenblick, als Jeremys Gewicht mich fast mitgerissen hätte, in dem Augenblick, als ich dachte, ich würde fallen, da wurde mir eines klar: Ich wollte nicht sterben. »Ich möchte nach Hause«, sage ich.

»Ich verstehe das einfach nicht«, meint der jüngere Polizist. »Zwei Kids wie ihr, jung, gesund, noch das ganze Leben vor euch. Was könnte so schrecklich sein, dass ihr deswegen sterben wollt?«

Jeremys Sturz in die Tiefe ist alles, woran ich denken kann.

»Was für eine Verschwendung«, fährt er fort und lässt den Motor an. »Was für eine verfluchte Verschwendung.«

Ganz sicher bin ich mir nicht, aber ich glaube, Jeremy schaute beim Fallen nach oben. Ich konnte seinen Gesichtsausdruck nicht erkennen – erhaschte nur einen flüchtigen Blick auf sein bleiches Gesicht und seinen offenen Mund, und dann war er verschwunden. Hat er etwas gesagt? Wurde ihm klar, dass ich nicht gesprungen war, dass ich meine Hand weggezogen hatte?

Vielleicht schaute er auch gar nicht nach oben. Vielleicht habe ich diese Erinnerung erfunden. Ich war in Panik, hatte Mühe, Bodenhaftung zu behalten und mich an dem Stahlpfosten festzuklammern.

Ich weiß nicht, wie verlässlich Erinnerungen sind.

*

Ich bitte die Polizisten, mich nach Hause zu fahren, doch stattdessen bringen sie mich ins Krankenhaus. Anscheinend halten sie mich für suizidgefährdet, obwohl ich mich ganz offensichtlich entschieden habe, nicht zu springen, als ich die Möglichkeit dazu hatte. Eine Krankenschwester führt mich in einen winzigen Raum, und der jüngere Polizist bleibt an der Tür stehen – für den Fall, dass ich abhauen will, nehme ich an.

»Gleich kommt eine Sozialarbeiterin runter und redet mit

dir«, erklärt die Krankenschwester, eine ältere Frau mit kurzem, grauem Haar und einer Namensschildkette aus kleinen, bunten Perlen. »Sie muss jeden Augenblick hier sein.«

»Hat jemand meine Eltern benachrichtigt?«, frage ich.

»Nein. Soll ich sie anrufen?«

»Nein. Bitte nicht«, sage ich hastig. »Aber es ist schon nach elf und sie erwarten mich bald zurück. Kann ich nicht einfach nach Hause fahren? Bitte!« Der Wagen meiner Mom steht immer noch auf der Brücke im Halteverbot, fällt mir ein. Vielleicht wurde er mittlerweile abgeschleppt.

»Eins nach dem anderen«, mahnt die Krankenschwester.

Ich setze mich auf einen grauen Plastikstuhl. Die Krankenschwester verlässt den Raum und ich blicke zur offenen Tür. Der jüngere Polizist steht immer noch da. »Ist Jeremy ... Wissen Sie, ob ...«

Er schüttelt den Kopf. »Habe noch nichts gehört.«

»Hallo, Melody?« Ohne den Polizeibeamten zu beachten, schlüpft eine junge Frau durch die Tür. »Ich bin Christine. Ich bin Sozialarbeiterin hier im Krankenhaus. Ich würde gern mit dir reden. Ist dir das recht?«

Anscheinend bleibt mir keine andere Wahl. Sie zieht einen Stuhl heran und setzt sich zu mir. Sie ist jung, Mitte zwanzig, mit schulterlangen, braunen Haaren, Sommersprossen und großen, dunklen Augen. An ihren Ohren baumeln kleine Muffin-Ohrringe. »Du musst ganz schön geschockt sein«, sagt sie.

Ich nicke. »Haben Sie was gehört? Haben sie ihn gefunden ...«

»Jeremy? Ja, haben sie. Er ist ziemlich schwer verletzt, Melody.« Ihre Stimme klingt sanft, behutsam.

»Er lebt?« Diese Möglichkeit war mir gar nicht in den Sinn gekommen. Ich fand es unvorstellbar, dass man einen solchen Sturz überleben konnte.

»Ja. Er wurde hierhergebracht – ist kurz vor dir eingeliefert worden. Er ist bei Bewusstsein geblieben, als er auf der Wasseroberfläche aufgeschlagen ist. Zum Glück war gerade ein Bootsfahrer draußen, der ihn schnell herausfischen konnte. Aber er schwebt noch in Lebensgefahr. Er wird gerade operiert.« Sie sieht mir in die Augen und ihr Blick ist unergründlich. »Der Polizist meinte, dass ihr beide zusammen auf der Brücke gestanden habt. Ist das richtig?«

»Ich wollte nur ... ich wollte es ihm ausreden. Ihn dazu bringen, es nicht zu tun«, erkläre ich. *Gott.* Was, wenn er gehofft hatte, dass ich es versuchen würde? Vielleicht hätte er einen Rückzieher gemacht, wenn ich ihm zugeredet hätte. Aber ich habe ihn nicht angefleht, es nicht zu tun; ich habe ihm nicht einmal die Wahrheit gesagt, als er mich fragte, ob ich es mir anders überlegt hätte. Ich hätte ihn aufhalten können. Ich weiß, dass ich es gekonnt hätte.

Wird er mich hassen, wenn er überlebt? »Kann ich ihn sehen?«, flüstere ich.

»Jetzt noch nicht.«

»Aber er wird es doch schaffen?«

»Ich weiß es nicht.« Sie sieht meinen verzweifelten Blick. »Ich weiß es wirklich nicht, Melody. Ich weiß nicht mehr als das, was ich dir gesagt habe.«

Ich nicke, und mir kommen wieder die Tränen. »Kann ich bitte einfach nach Hause? Meine Eltern flippen aus, wenn ich um Mitternacht nicht zurück bin.«

»Wir können sie anrufen.«

»Aber ich möchte nicht, dass sie hiervon erfahren.«

»Wie alt bist du, Melody?« Sie schaut auf den Zettel in ihrer Hand. »Fünfzehn?«

»Sechzehn.«

»Meinst du nicht, dass deine Eltern gern Bescheid wüssten?«

Ich will nicht weinen. Ich balle die Hände zu Fäusten und meine Fingernägel graben sich in die Handflächen. »Ich werd's ihnen sagen.«

Sie sieht mich lange an. »Ich muss sicher sein, dass du keine Dummheiten machst.«

»Mache ich nicht«, verspreche ich ihr. »Ich wollte nicht springen.«

Ihre dunklen Augen fixieren mich, und ich muss mich zusammenreißen, um nicht wegzuschauen. »Ich wollte nicht springen, wirklich nicht«, wiederhole ich. »Ich wollte nur – mir war einfach nicht klar, dass Jeremy es ernst gemeint hat. Und als ich es kapiert habe, war es zu spät.«

»Erzähl mir ein bisschen von Jeremy«, bittet sie mich. »Wie habt ihr euch kennengelernt?«

»Durch die Schule«, antworte ich. »Zu Beginn des Schuljahres. Wir haben einfach angefangen, uns zu unterhalten.«

TODESTRAKT

Bei unserem allerersten Gespräch redeten Jeremy und ich über den Tod. Es war im letzten September, der Himmel weit, klar und blau, die Sonne eine glühende weiße Scheibe. Ich saß auf der Kirchentreppe gegenüber der Schule, weil das Rauchen auf dem Schulgelände verboten ist. Ich las Camus und drehte mir gerade eine Zigarette, als er sich neben mich setzte.

»Hey«, sprach er mich an. »Hast du Feuer?«

Ich schob den Finger ins Buch, um die Seite nicht zu verschlagen, und blinzelte zu ihm hoch. Er war groß, sehr schlank und zu bleich für Florida im Spätsommer. Ich wusste nicht, wer er war, aber er kam mir irgendwie bekannt vor, als hätte ich ihn schon mal in der Schule gesehen. Ich zog mein Feuerzeug aus der Tasche und reichte es ihm.

Er steckte sich eine Zigarette an. »Normalerweise rauche ich gar nicht«, erklärte er. »Ehrlich gesagt, habe ich die hier gerade geschnorrt, damit ich eine Entschuldigung habe, dich anzusprechen.«

»Ach ja?«, erwiderte ich skeptisch. Auf der anderen Straßenseite sah ich ein paar Mädchen, die dicht beieinanderstanden und miteinander lachten und schwatzten. Devika und Adriana und einige andere. Ich fragte mich, ob sie ihn angestiftet hatten.

»Du drehst selbst, was? Find ich cool.«

Ich zog die Schultern hoch. »Was willst du von mir?«

»Nichts.« Er trommelte mit den Fingern auf dem Oberschenkel, zog an der Zigarette und schnitt eine Grimasse. »Ist ja widerlich. Ich verstehe nicht, wieso irgendjemand sich das antut.«

»Im Todestrakt rauchen fast alle«, erwiderte ich.

Er drückte seine Zigarette aus. »Wir sind alle im Todestrakt.«

»Ich meine es wörtlich«, schnaubte ich. »Die Gefangenen im *State Prison.* Die rauchen alle.«

»Ich hab's auch wörtlich gemeint. Wir kennen unser Hinrichtungsdatum nicht, aber wir teilen alle dasselbe Schicksal.«

»Bist du ein Schulamokläufer oder was? Willst du alle umbringen?«

Er lachte unvermittelt auf, wodurch sich sein Gesicht total veränderte. »Nein. Blödsinn. Ich wollte nur sagen, dass wir alle irgendwann sterben werden.«

»Äh, ja. Offensichtlich.« Ich wandte mich wieder meiner Lektüre zu. »Wenn's dir nichts ausmacht, würde ich gern weiterlesen.«

»Klar.« Er stand auf. »Ich bin übrigens Jeremy.«

»Melody«, entgegnete ich, obwohl er meinen Namen sicher längst wusste. »Richte deinen Freundinnen da drüben aus, dass sie mich mal können.«

»Meinen Freundinnen?« Er schaute zu der Mädchengruppe vor der Schule, auf die ich zeigte. »Die da? Oh, nein. Das sind nicht meine Freundinnen.«

»Schön«, entgegnete ich. »Meine auch nicht.« Ich schlug mein Buch auf und versuchte zu lesen, aber er stand immer noch da und ich konnte mich nicht konzentrieren. Die Zementstufen hatten die spätsommerliche Hitze gespeichert und strahlten sie ab, und das Sonnenlicht, das auf die weißen Buchseiten fiel, blendete mich.

»Wir sehen uns«, verabschiedete er sich.

Ich nickte. Ich wollte nicht zu ihm hochsehen, aber ich konnte nicht anders. Unsere Blicke trafen sich, und er schaute nicht weg, blinzelte nicht und lächelte nicht. Er erwiderte einfach meinen Blick. Es war absolut merkwürdig, aber mir kam es vor, als schaue er direkt in mein Innerstes. Als sehe er mich auf eine Weise, wie mich noch keiner jemals wahrgenommen hatte.

Verlegen senkte ich den Kopf und starrte wieder auf mein Buch, denn er sollte nicht mitbekommen, dass meine Wangen zu glühen angefangen hatten. Als ich wieder aufsah, war er verschwunden.

*

Die Tür geht auf und die grauhaarige Schwester steckt den Kopf in das kleine Krankenhauszimmer. »Könnte ich dich kurz sprechen, Christine?«

Christine steht auf. »Sicher. Bin gleich wieder da, Melody.«

Sie zieht die Tür hinter sich zu, ohne sie ganz zu schließen. Ich versuche zu lauschen, aber obwohl ich Christines Rücken sehen kann – hellgrünes Shirt und schwarze Hose – höre ich nur undeutliches Gemurmel und kann nicht verstehen, was sie sagen. Wenigstens habe ich jetzt einen Moment für mich, um nachzudenken. Mir meine Geschichte zurechtzulegen. Vor allem will ich verhindern, dass meine Eltern ausflippen. Sie sollen nicht glauben, ich sei suizidgefährdet. Sie wären am Boden zerstört. Ich kann ihnen unmöglich erklären, was passiert ist.

Ich muss bei dem bleiben, was ich der Sozialarbeiterin erzählt habe – dass ich versucht habe, Jeremy vom Springen abzuhalten. Es fühlt sich an wie ein weiterer Verrat, aber ich weiß keine Alternative. Die Wahrheit auszusprechen ist keine Option.

Die Tür öffnet sich erneut, und mir stockt der Atem, als ich sehe, wer hinter Christine ins Zimmer kommt.

»Mrs Weathers«, stammele ich. Ich habe sie nur ein einziges Mal gesehen und da haben wir außer *Guten Tag* und *Auf Wiedersehen* kaum ein Wort miteinander gewechselt. Sie ist groß und dünn wie Jeremy, mit dunklen Haaren und heller Haut. Sie ist eine schöne Frau, aber jetzt sieht sie furchtbar aus. Ihre Haare hängen strähnig herunter und unter ihrer Regenjacke trägt sie ausgebeulte Jogginghosen und ein T-Shirt.

»Melody«, murmelt sie. Ihre Augen sind ganz rot.

Ich stehe verlegen auf. »Es tut mir so leid«, platze ich heraus. »Ich hätte ihn davon abhalten müssen.«

»Du hast dein Bestes getan«, versichert sie mir und zieht

mich an sich. Ich erwidere ihre Umarmung und fühle, wie ihre Schultern beim Weinen beben. »Mach dir keine Vorwürfe.«

Ich löse mich von ihr. Wenn sie die Wahrheit wüsste, würde sie mich hassen.

»Wusstest du ... hattest du den Eindruck, dass er depressiv war?«, fragt sie. »Ich kann es nicht fassen. Wie konnte er nur? Es schien ihm doch gut zu gehen. Ich habe mir das Hirn zermartert, ob ich irgendetwas übersehen habe.«

Christine murmelt ein paar mitfühlende Worte, doch Mrs Weathers schenkt ihr keine Beachtung. »Hat er was zu dir gesagt, Melody?«, fragt sie. »Wusstest du, dass er geplant hat, so etwas zu machen?«

»Nein, eigentlich nicht. Nein. Jedenfalls nicht vor heute Abend.« Meine Handflächen sind schweißnass, und mein Herz schlägt so laut, dass ich mich frage, ob sie es hören kann.

Meine Mom behauptet, sie würde es sofort merken, wenn ich lüge. Sie meint, ich könne ganz schlecht etwas verbergen. Ich bete zu Gott, dass sie unrecht hat.

*

Zu Anfang war die ganze Selbstmordgeschichte nichts weiter als ein Spiel. Oder vielleicht nicht gerade ein Spiel, sondern eher eine Art Fantasie. So was wie ein makabrer Scherz. Ich würde es niemals zugeben – und jetzt schon gar nicht mehr –, aber es hat tatsächlich irgendwie Spaß gemacht.

Es begann, als ich zum zweiten Mal mit Jeremy sprach. Nach jenem ersten Treffen gegenüber der Schule begegnete ich ihm ab und an im Schulflur. Ich nickte ihm zu und er nickte zurück, aber wir redeten nicht wirklich miteinander. Dann steckte eines Tages etwas in meiner Schließfachtür: ein liniertes Blatt Papier, zu einem kleinen Quadrat zusammengefaltet. Ich zog es heraus. Es war ein Himmel-und-Hölle-Spiel, wie man es als Kind bastelt, indem man das Papier so faltet, dass kleine Taschen entstehen, in die man Daumen und Zeigefinger hineinschiebt, um das Ganze wie einen Papiermund öffnen und schließen zu können.

Ich schaute genauer hin. Die vier Ecken waren mit den Zahlen eins bis vier nummeriert. Ich überlegte, wie das Spiel funktionierte. Man musste eine Zahl auswählen und den Papiermund entsprechend oft auf- und zumachen. Eins, zwei, drei. Und was dann? Eine Lasche auswählen und aufklappen? Ich war ein bisschen irritiert. War es irgendein Trick, eine weitere Melody-Verarsche? Ich faltete das Spiel auseinander, um zu sehen, welche fiesen Kommentare man hineingekritzelt hatte. Es gab acht winzige Dreiecke, die jeweils eine mit ordentlichen kleinen Buchstaben geschriebene Botschaft enthielten. Und auf allen Dreiecken stand dasselbe: *»Da man sterben muss, ist es ganz unwesentlich, wann und wie – das ist klar« (Camus, Der Fremde, 1942). Melody, sollen wir uns nach der Schule treffen? Lass uns zusammen abhängen. Jeremy, dein Kamerad im Todestrakt*

Unwillkürlich musste ich grinsen. Es war schräg, na und? Ich war auch schon immer ziemlich schräg gewesen.

Jeremy wartete an der Eingangstreppe der Schule auf mich.

»Hey«, begrüßte ich ihn und hielt die Hand hoch.

»Schöne Fingernägel«, stellte er fest.

Ich hielt sie ihm unter die Nase: kurz geschnitten und neongrün, als Verzierung ein paar Sticker mit pinkfarbenen Schädeln und gekreuzten Knochen. »Suzy hat sie mir gemacht. Das kleine Mädchen, auf das ich immer aufpasse.« Suzy, eine achtjährige, hochbegabte Drittklässlerin, verfügt über einen unglaublichen IQ, ist besessen vom Weltall und besitzt ein pinkfarbenes Zimmer und einen fragwürdigen Modegeschmack. »Gefällt's dir?«

»Erinnert ein bisschen an *Fluch der Karibik*«, meinte er. »Disney-Prinzessin trifft Jack Sparrow.«

Ich verdrehte die Augen. »Klingt echt cool.«

Devika und Adriana gingen an uns vorbei, drehten sich um, starrten uns kurz an und begannen zu tuscheln und zu kichern, als hätten sie Jeremy und mich nicht bei einem Gespräch, sondern bei irgendwas Unanständigem erwischt.

»Was sollte das denn gerade?«, wollte Jeremy wissen. »Wieso machen diese Mädchen dir das Leben schwer?«

Das mochte ich an ihm, dass er sich wirklich für mich interessierte und mir Fragen stellte, um mich besser zu verstehen – doch dies war eine Frage, die ich nicht beantworten wollte. »Weißt du das etwa nicht?«

Er wurde tatsächlich rot, was ich ziemlich liebenswert fand, auf etwas vertrottelte Weise. »Ich hab irgendwas gehört, aber ich wusste nicht, ob es nur Gerede war.«

»Was hast du gehört?«

Jeremy zögerte. »Ich habe gehört, du hättest versucht, dich umzubringen. Letztes Jahr auf einer Party.«

Ich fragte mich, ob er mich deshalb angesprochen hatte: aus Neugierde auf meine angeblichen suizidalen Neigungen. »Ja«, erwiderte ich. »Sie nennen mich Todesengel. Nett, was? So ermutigend.«

»Wolltest du denn? Ich meine, stimmt es?«

»Nein. Nicht wirklich. Ich hab ein paar Gläser getrunken und war ziemlich deprimiert. Dann hab ich ein paar Paracetamol-Tabletten eingeworfen, so fünf oder sechs, und es blöderweise jemandem erzählt. Adriana. Ich dachte, sie sei meine Freundin.« Ich zuckte mit den Achseln und zog mir die Sweatshirtärmel über die Hände. »Ehe ich mich versah, wurde ich in einen Krankenwagen gesteckt, und die ganze Schule hat darüber geredet.«

»Fünf Paracetamol? So, so! Mädchen machen das immer. Oder sie schneiden sich in den Arm.« Er grinste. »Sie lieben es dramatisch, aber ohne wirkliches Risiko.«

»Ich habe nie gesagt, dass ich versucht hab, mich umzubringen, Schwachkopf. Wenn ich hätte sterben wollen, hätte ich das ganze Röhrchen Paracetamol geschluckt, okay? Ich bin doch nicht blöd. Was ist mit Rauchen? Das wird mich wahrscheinlich auch umbringen, wenn ich lange genug lebe.«

»Also, was nun? Willst du sterben? Ja oder nein?«

Nein, wollte ich sagen, aber ich wollte verhindern, dass er das Interesse an mir verlor. Und außerdem dachte ich manchmal, dass ich vielleicht wirklich sterben wollte. Manchmal fand ich die Welt echt beschissen. »Ist mir egal, ob so oder so«, eröffnete ich ihm. »Wie es in meinem Zeugnis steht: Ich bin unmotiviert.«

Er lachte. »Ah, eine suizidale Versagerin.«

Ich mochte sein klares, helles Lachen, die Art, wie er das Kinn hob, wie er seine Augen zusammenkniff, dass sie zu zwei wimpernbesetzten Linien wurden.

Er lehnte sich an die Ziegelwand des Schulgebäudes. »Als ich dich zum ersten Mal gesehen habe, hast du Camus gelesen, stimmt's? *Der Fremde.*«

»Aufmerksam beobachtet.«

»Ich bin kein Stalker oder so. Mich interessiert einfach, was Leute lesen.«

»Hast du's gelesen?«

»Ich hab's angefangen. Bin nicht reingekommen.«

»Du solltest es noch mal versuchen«, riet ich ihm.

»Kann sein. Ich konnte einfach nichts mit dem Typen anfangen. Wie hieß er noch gleich?«

»Meursault.«

»Ach ja. Ich meine, am Anfang, als seine Mutter stirbt und er so tut, als ob nichts passiert wäre? Das fand ich einfach ein bisschen daneben, verstehst du?«

»Hmm«, sagte ich unverbindlich. »Hast du noch nie anders reagiert, als die Leute es von dir erwarten?«

»Wahrscheinlich schon. Aber trotzdem.«

»Ich weiß. Es ist ganz schön krass.«

»Ich hab ein paar andere Texte von ihm gelesen. Mit Sachbüchern komme ich besser zurecht. Ich kann dir *Der Mythos des Sisyphos* leihen, wenn du willst. Wusstest du, dass Camus gesagt hat, Selbstmord sei das einzige wirklich ernste philosophische Problem?«

»Echt? So wie ›Sein oder nicht sein‹?«

»Im Prinzip schon.«

»Dann hat Shakespeare es also als Erster gesagt.«

Er lachte. »Todesengel. Das ist irgendwie süß. Darf ich dich TE nennen?«

»Nein, darfst du nicht.«

Damals erschien mir diese Unterhaltung nicht besonders wichtig, aber jetzt glaube ich, dass damit alles angefangen hat.

TODESSTRAFE

Mrs Weathers weint, und Christine redet leise auf sie ein, und obwohl wir alle in diesem winzigen Raum hocken, kommt es mir vor, als hätten die beiden mich vergessen. Ich erwäge gerade, mich unbemerkt davonzuschleichen, als es erneut an der Tür klopft.

»Mrs Weathers?« Ein Arzt – zumindest nehme ich an, dass er einer ist, weil er grüne Krankenhauskleidung trägt – tritt ins Zimmer. »Jeremy hat die Operation überstanden. Sie ist gut gelaufen. Er hat mehrere Frakturen, einige Rippen sind gebrochen und er hat einen Lungenkollaps erlitten.« Er räuspert sich und fummelt an seinem Namensschild herum, das er an einer Kette um den Hals trägt. »Seine Milz war gerissen und wir mussten sie entfernen. Ein paar gebrochene Wirbel, aber zum Glück keine Rückenmarksverletzung. Er muss eine Weile hierbleiben, aber wir können davon ausgehen, dass er wieder in Ordnung kommt.«

Mrs Weathers steht auf und bricht erneut in Tränen aus. »Oh, mein Gott. Oh, ich danke Ihnen. Danke. Kann ich ihn sehen?«

Der Arzt nickt. »Er ist noch nicht wieder bei Bewusstsein, aber Sie dürfen zu ihm.«

Ohne ein weiteres Wort zu mir folgt sie ihm aus dem Zimmer und ich schaue ihr nach. Ich frage mich, was Jeremy sagen wird, wenn er wieder zu sich kommt.

Christine richtet ihre Aufmerksamkeit erneut auf mich. »Nun, das ist eine gute Nachricht.«

Ich versuche zu lächeln und habe das Gefühl, eine Maske zu tragen. »Ja. Ja.«

»Wirklich unglaublich. Nach einem solchen Sturz. Wie hoch ist die Brücke, fünfzig Meter?«

»Knapp hundert, glaube ich.« Ich wünschte, ich könnte die Worte wieder einsaugen. Ich dürfte das nicht wissen, oder? Ich zupfe am Saum meines kurzen Kleides und ziehe es bis zu den Knien. Meine bloßen Oberschenkel wirken auf dem Plastikstuhl unangebracht nackt.

»Ein Wunder«, sagt Christine.

Ein Wunder. Das ist es wohl, wenn man an solche Dinge glaubt. Nicht, dass ich nicht froh wäre, dass er am Leben geblieben ist – natürlich bin ich das. Ich kann nur einfach nicht glauben, dass er gesprungen ist.

»Lass uns deine Eltern anrufen«, sagt Christine. »Ich sehe keinen Grund, dich hierzubehalten, aber mir wäre wohler, wenn du von einem sorgeberechtigten Erwachsenen nach Haus gebracht würdest.«

Mir bleibt eh keine Wahl, ich kann das hier nicht geheim halten. »Ich rufe sie an.« Ich ziehe mein Handy aus der Tasche und gebe unsere Nummer ein.

Vicky meldet sich beim ersten Klingeln. »Melody? Wo steckst du?«

»Ich bin im Krankenhaus. Ähm, *Bayfront Medical Center.*«

»Oh, mein Gott! Geht's dir gut? Was ist denn passiert?« Ihre Stimme wird mit jedem Wort lauter, und ich weiß, dass sie Autounfälle, betrunkene Fahrer und Gott weiß was vor Augen hat.

»Mit mir ist alles in Ordnung, Vicky. Es geht um Jeremy.« Und dann verliere ich die Beherrschung und fange so heftig an zu weinen, dass ich nicht mehr sprechen kann. Behutsam nimmt Christine mir das Handy ab und setzt Vicky über alle schlimmen Details in Kenntnis: Melodys Freund Jeremy ... Selbstmordversuch ... schwer verletzt ... Ich fühle mich wie betäubt, als hätte sich ein Teil von mir gelöst, um mich dabei zu beobachten, wie ich zusammenbreche. Ich kann nicht verstehen, wie all das passieren konnte.

Ich kann nicht verstehen, wie ich hier gelandet bin.

*

Es ist seltsam, wie im Leben eines zum anderen führt. Ich hätte Jeremy vielleicht niemals kennengelernt, wenn ihm nicht das Buch aufgefallen wäre, das ich las. Meine Mom wäre am Boden zerstört, wenn sie das wüsste, weil sie mir das Buch geschenkt hat. Sie dachte, es könnte mich interessieren, nicht wegen der Absurditätsthematik, sondern – Achtung, Spoiler-Alarm – weil der Protagonist zum Tode verurteilt wird.

Die Todesstrafe ist in dieser Gegend ein großes Thema. In

Florida sitzen mehr Gefangene im Todestrakt als in jedem anderen US-Staat, obwohl in Texas im Endeffekt mehr Leute tatsächlich getötet werden. Jeder kennt den Termin einer geplanten Exekution. Demonstranten kommen von überall her angereist, Studenten organisieren Aktionen, die Stimmung ist sehr angespannt. Seit ich denken kann, war meine Mutter Aktivistin und hat deswegen schon eine Menge Freunde verloren. Sie leitet die örtliche Protestgruppe und ist immer im Einsatz – Meetings besuchen, mit Senatoren und Journalisten telefonieren, bloggen, Onlinepetitionen in Umlauf bringen und Flugblätter drucken. Mein Dad, Bill, ist Professor an der *University of South Florida* und eher akademisch als praktisch veranlagt, aber auch er ist gegen die Todesstrafe. Was gut ist, denn ansonsten müssten sie sich wahrscheinlich trennen. Trotz ihres ständigen Geredes über Weltoffenheit und Toleranz kann Vicky es nicht akzeptieren, wenn jemand über dieses Thema anders denkt als sie.

Bills Bruder, mein Onkel Pete, wohnt drei Autostunden von uns entfernt, in Jacksonville, und arbeitet im *Florida State Prison*. Vicky versucht immer, ihn zu bekehren. An meinem sechzehnten Geburtstag ist er zum letzten Mal bei uns gewesen.

»Du musst die Todesstrafe nicht befürworten, nur weil du im Gefängnis arbeitest«, belehrte sie ihn. »In der Tat wäre das erst recht ein Grund, dagegen zu sein. Du kennst diese Männer.«

Pete strich sich über seinen kurz geschorenen Bart. »Sie

haben entsetzliche Dinge getan, Vicky. Vielleicht verdienen sie es, zu sterben.«

»Und wer gibt dir das Recht, das zu beurteilen?« Die Stimme meiner Mutter klang ruhig. »Die meisten von ihnen stammen aus schrecklichen Verhältnissen. Kindesmissbrauch. Armut. Es gibt Gründe, dass sie so geworden sind, Pete.«

»Wir alle treffen Entscheidungen«, erwiderte Pete. »Sie haben schlechte getroffen.« Es scheint ihn nie zu stören, dass Mom immer Streit anfängt, und er lässt sich nicht aus der Fassung bringen.

»Macht es dir denn nichts aus«, fragte ich ihn, »Leute kennenzulernen, dich um sie zu kümmern und zu wissen, dass sie getötet werden?«

Er zuckte mit den Schultern. »Wär schlimmer, wenn sich niemand um sie kümmern würde. Irgendjemand muss es ja tun.« Er schnitt sich ein zweites Stück vom Limettenkuchen ab, zog die Geburtstagskerze raus und leckte sie ab. »Mmm. Für diesen Kuchen könnte ich sterben.«

Ich legte die Gabel ab und dachte an die Männer, die vergangenes Jahr im Staatsgefängnis hingerichtet worden waren. Vicky hatte ihre Fotos an ihre Pinnwand geheftet. »Trotzdem«, fuhr ich fort. »Es ist doch irgendwie ... ich weiß nicht ... kaltblütig. Sie jahrelang am Leben zu halten, nur um sie dann zu töten.«

»Besser, als wenn man sie gleich töten würde«, widersprach er. »Sie kriegen alle ihren rechtmäßigen Prozess und so weiter. Außerdem haben viele von den Jungs Berufungsverfahren beantragt; sie könnten noch Ewigkeiten leben.«

Vicky schüttelte nur den Kopf. Diese Gespräche führten sie schon seit Jahren, und soweit ich es beurteilen konnte, verschwendete sie damit nur ihre Zeit. Pete würde seine Meinung niemals ändern. Wenn ich allein mit ihm war, erzählte er mir immer alle möglichen Geschichten über die Männer im Todestrakt, und manchmal hatte ich das Gefühl, sie zu kennen.

Vieles am Todestrakt verstört mich, doch was mir am meisten zu schaffen macht, sind die Details. Zum Beispiel die letzte Mahlzeit der Gefangenen. Bevor Pete dort gearbeitet hat, dachte ich immer, dass die berühmte Henkersmahlzeit nur im Film existiert, aber es gibt sie tatsächlich. Es ist doch krank, irgendein leckeres Gericht zu kochen und den Typen, der es gegessen hat, am nächsten Tag zu töten.

Rennie, der letzte Todeskandidat, wünschte sich Schokoladenkuchen, Cheeseburger und Fritten. Er war vierundvierzig und hatte fünfzehn Jahre lang in der Todeszelle gesessen. Mit Ende zwanzig hatte er bei einem Raubüberfall eine Supermarktverkäuferin getötet, was grauenvoll war, aber als er hingerichtet wurde, war er zum Katholizismus konvertiert und hatte einen Collegeabschluss in Geschichte erworben. Das war die Person, die sie töteten – nicht der junge Bursche, der die Verkäuferin umgebracht hatte. Ich meine, was bringt das eigentlich? Welchen Sinn soll das haben?

Wie dem auch sei, solange ich denken kann, kämpft Vicky gegen die Todesstrafe. Vor meiner Geburt hat sie als Sozialarbeiterin im Kinder- und Jugendschutz gearbeitet. Während ihres Erziehungsurlaubs schloss sie sich einer Petitionsgruppe an, und als ich in die Vorschule kam, übernahm sie deren Leitung. Sie hatte auch einen richtigen Job, als Familienberaterin und Leiterin von Elternselbsthilfegruppen, doch ihre wahre Leidenschaft galt ihrer ehrenamtlichen Arbeit. Es war seltsam: Die meisten Leute dachten nicht viel über die Menschen im Todestrakt nach, aber ich hatte das Gefühl, mit dieser großen erweiterten Familie von Leuten aufzuwachsen, die alle auf den Tod warteten. Ich datierte Ereignisse in meinem Leben danach, wer im entsprechenden Zeitraum hingerichtet wurde.

Normalerweise redete ich mit meinen Mitschülern nicht über die Angelegenheiten meiner Mutter, aber ein paar Wochen nachdem wir uns angefreundet hatten, schrieb Jeremy, er würde gern meine Eltern kennenlernen.

Wieso?, schrieb ich. Es war spätabends und ich lag schon im Bett, als wir uns Nachrichten schickten.

Wieso nicht? Ich bin immer neugierig, aus welcher Familie jemand kommt.

Aha, schrieb ich zurück. Großartig. Sehr wortgewandt. Oh, Gott.

Ist doch interessant, findest du nicht?

Darüber hatte ich mir bislang kaum Gedanken gemacht.

Kommst du gut klar mit deinen Eltern?

Ja. Und du?

Schwieriges Thema. Was machen deine Eltern beruflich?

Ich drehte mich auf den Bauch und legte das Handy aufs Kopfkissen. Dad ist Prof an der Uni. Mom ist Familienberaterin und arbeitet viel ehrenamtlich. Das reichte fürs Erste an Informationen. Und deine Eltern?

Lehrer. Geschieden. Verschiedene Schulen. Mathe und Englisch. Also wann kann ich vorbeikommen?

Ich war nie eines von den Kindern, die ihre Eltern peinlich finden. Ich liebe Vicky und Bill, und obwohl sie mich manchmal wahnsinnig machen, habe ich große Achtung vor ihnen. Deshalb war ich mir nicht ganz sicher, wieso ich ihnen Jeremy nicht vorstellen wollte. Ich seufzte. Er würde sich nicht davon abbringen lassen. Morgen nach der Schule?, tippte ich.

*

Am nächsten Tag nahm ich Jeremy nach Schulschluss mit zu mir nach Hause. Es fühlte sich so natürlich an, mit ihm zusammen zu sein, als hätten wir uns schon ewig gekannt. Ich fragte mich, ob er eine Freundin hatte. Ich hatte ihn noch nie mit einem Mädchen gesehen. Vielleicht war er ja schwul.

Ich musterte ihn von der Seite, als wir in meine Straße abbogen. In einer Woche war Halloween, und überall lagen Kürbisse, und Küchentuchgespenster hingen in den Bäumen.

»Wow. Deine Nachbarschaft steht ja voll auf Halloween, was?«

Wir wohnen in *Old Northeast,* einem meiner Lieblingsviertel von St. Petersburg. In unserem Wohngebiet steht man gern vorm Haus, winkt Joggern und Hundespaziergängern zu und findet ständig Anlässe für Straßenfeste. »Wart's nur ab«, erwiderte ich. »Einige dieser Leute haben gerade erst angefangen.« Ich zeigte auf ein schmales, mit Holzschindeln gedecktes Haus, vor dem zwei schiefe Palmen standen. »In dem Haus da drüben wohnen zwei schwule Typen – Künstler, glaube ich, beide schon über achtzig – und sie verwandeln ihre Bude jedes Jahr in ein Spukhaus. So was hast du noch nicht gesehen.« Ich blieb stehen und sah Jeremy an. »Hey, hast du irgendwas geplant für Halloween?«

»Nee. Hab keine Pläne. Meist bleibe ich zu Haus. Es klingt vielleicht etwas schräg, aber ich verteile unheimlich gern Süßigkeiten an die Kids.«

»Wir sollten um die Häuser ziehen. Du weißt schon, Süßes oder Saures«, schlug ich vor. »*Old Northeast* ist die beste Gegend dafür. Hier werden dafür sogar extra die Straßen gesperrt.«

Er lachte. »Das habe ich mit elf zum letzten Mal gemacht.«

»Ja, ich auch. Vielleicht auch noch mit zwölf. Ich glaube, ich war ein Vampir. Und du?«

»Ähm, einer von den *Blues Brothers*. Hut, Sonnenbrille und lange Koteletten.«

»Gott, wie originell.«

»Ja, so bin ich nun mal.« Er zog eine Fratze. »Meine Mutter hatte die Idee mit dem Kostüm. Im Jahr davor war ich ein Pfefferstreuer.«

Er klang irgendwie bedrückt und über seine Stirn zog sich eine Falte. Ich fragte mich, was mit ihm los war. »Komm schon«, sagte ich. »Lass uns was unternehmen.«

»Vielleicht.« Er klang widerstrebend.

»Okay, vergessen wir Süßes oder Saures. Aber wir könnten doch irgendwas Cooles für die Kids organisieren. Einen Gruselfriedhof oder so. Dann könntest du auch Süßigkeiten verteilen.«

»Mal sehen. Ich muss erst mit meiner Mom reden. Vielleicht will sie, dass ich zu Hause bleibe.«

»Das da ist unser Haus«, erklärte ich.

»Das gibt's doch nicht. Hast du die etwa gemacht?«

Ich nickte. »Jap.« Entlang dem Gartenweg prangten fünfzehn grinsende oder grimmig dreinschauende Kürbisse. Wir machten das jedes Jahr, Vicky, Bill und ich. Und diesmal hatte Suzy uns dabei geholfen. Es war eine Art Tradition und ich fand es toll.

»Die sind ja der Wahnsinn.«

Wir gingen durch den Vorgarten und ich deutete auf einen besonders großen Kürbis auf der untersten Treppenstufe. »Der da ist mein Meisterstück. Gefällt er dir?« Ich hatte eine Katze mit gekrümmtem Rücken geschnitzt, hinter der ein Vollmond und ein Grabstein zu erkennen waren.

»Unglaublich. Wie hast du das gemacht?«

Ich grinste. »Ich habe es zuerst auf Papier vorgezeichnet und eine Schablone daraus gemacht. Dann kratzt du das Fruchtfleisch weg, bis die Kürbisschale so dünn ist, dass da, wo der Mond ist, das Licht durchscheint und die Katze wie eine Silhouette davorsteht. Sieht wirklich cool aus, wenn die Kerze brennt.«

»Wow.« Nachdem er den Kürbis genau betrachtet hatte,

richtete er den Blick auf die graue Holzveranda und die rot gestrichene Eingangstür. »Schönes Haus.«

»Komm rein«, sagte ich.

Vicky arbeitete gerade am Computer, der seinen Platz in einer Wohnzimmerecke hat. Sobald sie uns hörte, drehte sie sich um.

»Mel?« Sie strich ihre kurzen, braunen Haare hinter die Ohren und schaute von mir zu Jeremy.

»Hallo, Vicky. Das ist Jeremy.«

»Hallo. Ich muss das grad noch speichern ...« Sie wandte sich wieder dem Bildschirm zu, drückte ein paar Tasten und stand auf. »Schön, dich kennenzulernen, Jeremy. Wollt ihr was trinken? Ich habe Kaffee aufgesetzt. Der müsste gleich fertig sein.«

»Kaffee klingt gut«, sagte ich. Ich habe schon mit acht Jahren angefangen, Kaffee zu trinken. Die Eltern meiner Freundinnen waren entsetzt, dass Vicky und Bill es mir erlaubten, aber anscheinend hat es mir nicht geschadet. Wir haben sowieso immer nur koffeinfreien im Haus.

Wir gingen in die Küche. Vicky holte drei Becher aus dem Geschirrspüler und füllte sie mit Kaffee, während ich Milch aus dem Kühlschrank nahm.

»Wir trinken alle ohne Zucker, deshalb haben wir auch

keine Zuckerdose«, entschuldigte ich mich und holte eine Zweikilotüte Zucker aus der Backschublade. »Hier, falls du welchen möchtest.«

Jeremy grinste. »Ja, das müsste reichen.«

»Ihr zwei geht also zusammen zur Schule?«, fragte Vicky.

»Stimmt.«

»Dann bist auch in der Zehnten?«

»Nein, in der Elften«, erwiderte Jeremy. Wir nahmen unsere Tassen und setzten uns an den Küchentisch.

»Hast du Geschwister, Jeremy?«, fragte Vicky. Sie kommt mit jedem leicht ins Gespräch. Sie hat mir erzählt, sie sei früher schüchtern gewesen, und würde sich immer noch als introvertiert bezeichnen, dennoch hat sie ein Talent dafür, Leuten die Befangenheit zu nehmen und ein Gespräch in Gang zu bringen. Im Gegensatz zu mir.

Doch Jeremy wurde plötzlich ganz still. Langsam und bedächtig rührte er seinen Kaffee um. »Ähm. Nein. Nein, ich habe keine Geschwister.«

»Ein Einzelkind wie Melody«, sagte Vicky. »Ich bin übrigens auch ein Einzelkind. Damals war das ziemlich ungewöhnlich. Aber heutzutage sind große Familien die Ausnahme.«

»Ich hatte einen Bruder«, erklärte Jeremy unvermittelt. »Lucas. Er ist vor zwei Jahren gestorben.«

Ich starrte ihn ungläubig an.

Vicky hörte auf, die Anrichte abzuwischen, und setzte sich zu uns an den Küchentisch. »Das tut mir so leid, Jeremy.«

Es blieb eine Weile still. Ob Vicky fragen würde, wie er

gestorben war? Ich hätte es gern gewusst, wollte aber nicht nachhaken.

»War er krank?«, fragte sie. »Oder hatte er einen Unfall?«

»Er ist ertrunken«, erklärte Jeremy. »Am *St.-Pete*-Strand.«

Vicky schloss kurz die Augen, und als sie sie wieder öffnete, glänzten sie ein wenig. Ich hoffte, dass sie nicht anfing zu weinen. »Wie schrecklich. Der schlimmste Albtraum für alle Eltern, ein Kind zu verlieren. Es tut mir so leid, Jeremy. Wie alt war er?«

»Dreizehn. Ja, es war schrecklich, aber ... nun ja, es ist zwei Jahre her. Ich komme klar, Mrs ...«

»Vicky. Nenn mich Vicky.« Sie hatte den Wink verstanden und erhob sich. »Möchtest du zum Essen bleiben, Jeremy? Bill müsste bald nach Haus kommen – oder auch nicht. Sein Zeitplan ist etwas unvorhersehbar.«

»Er hat keinen Zeitplan«, schnaubte ich. »Seine Arbeitsgewohnheiten sind unvorhersehbar.«

Vicky lachte bedauernd. »Das stimmt, fürchte ich. Manchmal bleibt er bis Mitternacht in der Uni und schreibt an einem Artikel. Und dann ist er wieder so viel zu Hause, dass man denken könnte, er sei arbeitslos.«

»Ich bleibe sehr gern zum Essen.« Jeremy schenkte ihr ein besonders liebenswürdiges Lächeln, und ich dachte im Stillen, er könnte Schauspieler oder Politiker werden. Diese Seite von ihm hatte ich vorher noch nie gesehen. Sein Verhalten wirkte nicht direkt vorgetäuscht, aber irgendwie gekünstelt. »Und was machst du so, Vicky? Mel hat mir von deiner ehrenamtlichen Arbeit erzählt.«

Vicky sah mich fragend an. Sie wusste, dass ich ihre Arbeit normalerweise nicht zur Sprache brachte, da ich mir mit dem Thema schon allzu oft Streit eingehandelt hatte. »Ich leite eine Petitionsgruppe. Wir kämpfen gegen die Todesstrafe.«

»Cool.« Jeremy grinste mich an und ich wurde ein wenig nervös. Plötzlich war es mir wichtig, dass meine Mutter ihn mochte. Dass sie ihn nicht aalglatt fand und dachte, er wolle sich bei ihr einschmeicheln.

»Du musst ihr nicht zustimmen, nur weil sie meine Mutter ist«, sagte ich gereizt. »Vicky kommt bestens damit klar, wenn jemand anderer Meinung ist, das kannst du mir glauben.«

Vicky warf mir einen verwirrten Blick zu, sagte jedoch nichts.

»Doch, wirklich«, verkündete Jeremy. Er sah meine Mutter an, nicht mich. »Ich meine, ich habe keine eindeutige Meinung zur Todesstrafe. Ehrlich gesagt, schwanke ich. Aber ich finde es cool, dass du so etwas machst. Die meisten Leute meckern nur herum und tun nichts.«

Vicky lächelte ihn an. »Einen Großteil unserer Arbeit könnte man wahrscheinlich als Gemecker bezeichnen. Wir wollen eine starke, geschlossene Front gegen die staatlich genehmigte kaltblütige Ermordung von Menschen bilden.«

»Das ist der Punkt, nicht wahr?«, pflichtete Jeremy bei. »Ich meine, es ist bestürzend, dass es geplant, vorsätzlich und kaltblütig vonstattengeht. Aber andersrum wäre es noch schlimmer. Wenn es im Affekt passieren würde. Wenn die

Regierung Scharfrichter engagieren würde, die Leute blindwütig abschlachten. Oder wenn eine selbst ernannte Bürgerwehr die Sache selbst in die Hand nähme.«

»So oder so werden Menschen getötet«, entgegnete Vicky. »Und manche von ihnen sind unschuldig.«

»Was ist mit denen, die mit hundertprozentiger Sicherheit schuldig sind?«, mutmaßte Jeremy. »Ich meine, wenn es jede Menge Zeugen gibt? Oder wenn es ein entsetzliches, grausames Verbrechen war? Wenn ein Kind entführt, gequält und getötet wurde, zum Beispiel. Videomitschnitt der Tat, nicht der geringste Zweifel. Denkst du nicht, dass manche Leute die Todesstrafe verdient hätten?«

Vicky räusperte sich, und ich machte mich auf ihre Rede gefasst, die ich schon unzählige Male gehört hatte. »Ich glaube nicht, dass wir verstehen können, was manche Menschen zu ihren Taten bringt. Fast jeder, der im Todestrakt landet, stammt aus einem gewalttätigen Umfeld.«

»Erzähl ihm, was du früher gemacht hast«, sagte ich. »Du weißt schon. Die Gerichtssachen.«

»Das kannst du ihm selbst erzählen.«

»Nein, du kannst es besser erklären.«

Vickys Gesichtsausdruck schwankte zwischen Belustigung und Gereiztheit. »Als Mel klein war, habe ich Gutachten für Todesstrafenprozesse geschrieben. Ich habe die Familiengeschichte der Täter recherchiert, Misshandlungen, Missbrauch und traumatische Erfahrungen dokumentiert. Auf der Suche nach strafmildernden Faktoren, um dafür zu plädieren, das Todesurteil aufzuheben. Und jeder, wirklich jeder dieser Männer, hatte unglaublich grauenvolle Dinge durchgemacht. Missbrauch, Armut, Vernachlässigung. Einige kamen schon behindert zur Welt, weil ihre Mütter in der Schwangerschaft Alkohol getrunken hatten. Dann wurden sie von ihren Familien misshandelt und später vom System verraten. Ja, einige von ihnen haben grauenhafte Dinge getan, aber es gibt einen Grund dafür, dass sie so geworden sind.« Sie hielt kurz inne und sah Jeremy in die Augen. »Zuerst wurden sie von der Gesellschaft im Stich gelassen und dann werden sie von derselben Gesellschaft getötet.«

»Aber sind sie denn nicht trotzdem für ihre Taten verantwortlich?«, gab Jeremy zu bedenken. »Ich meine, schließlich wird nicht jeder zum Mörder, nur weil er keine schöne Kindheit hatte.«

Vicky nickte. »Sicher, viele Leute überwinden ihre Vergangenheit. Aber wenn man sich den Werdegang dieser Männer anschaut – ein paar Frauen sind auch darunter –, fällt es schwer, zu behaupten, dass die Verantwortung für ihre Taten allein bei ihnen zu suchen ist.«

Die Haustür ging auf und ich hörte, wie Bill seine Schuhe durch die Gegend schleuderte. Das meine ich wörtlich: Er trägt diese komischen Latschen, die man eigentlich nur im Garten anzieht, und wenn er nach Hause kommt, kickt er sie durch den Flur und versucht, sie in den Weidenkorb zu befördern, der mal der Katze gehört hat.

»Hallo, Schatz!«, rief Vicky.

Bill kam in die Küche, mit einem Aktenordner unter dem Arm und einem Buch in der Hand. Er ist der Prototyp eines zerstreuten Professors, inklusive Cordjacke mit Lederflicken an den Ellbogen. Bill war eines dieser hochbegabten Kinder – er ging schon mit vierzehn aufs College, machte mit siebzehn seinen Bachelor und erhielt bereits mit einundzwanzig seinen Doktortitel. Er hat mir mal erzählt, dass er sich absichtlich ein bestimmtes Image zugelegt habe, um ernst genommen zu werden. Eine Zeit lang rauchte er sogar Pfeife. Gott sei Dank hat er damit aufgehört, bevor ich auf die Welt kam. Die Cordjacken hat er beibehalten, weil er sie bequem findet und nicht gern shoppen geht.

Er behauptet, sein Image sei ihm mittlerweile egal. *Sei einfach du selbst, Mel. Verschwende nicht deine Zeit damit, darüber nachzugrübeln, was andere von dir halten,* rät er mir immer. Toller Vorschlag, aber solche Gedanken kann man manchmal nicht einfach abschalten.

»Bill, das ist mein Freund Jeremy«, sagte ich.

Er legte Ordner und Buch auf der Anrichte ab und ging auf Jeremy zu. »Freut mich, dich kennenzulernen, Jeremy.«

»Mich freut es auch, Mr ...«

»Bill.« Er nickte Jeremy flüchtig zu. »Vicky, du glaubst nicht, was heute auf der Fakultätssitzung beschlossen wurde. Unfassbar!«

Jeremy sah mich an und ich verdrehte die Augen. »Soll ich dir mein Zimmer zeigen?«

»Klar.« Er folgte mir nach oben und blieb staunend in der Tür stehen. »Wow.«

Bis auf ein kleines Gästezimmer, in dem wir alten Krempel aufbewahren, habe ich das obere Stockwerk ganz für mich allein. Unser Haus ist fast hundert Jahre alt, aber vom Originalzustand ist nichts wiederzuerkennen, da es komplett umgebaut wurde. Mein Zimmer ist riesig und sieht aus wie eine Studiowohnung. Die Vorbesitzer hatten aus zwei Schlafzimmern eines gemacht. Ich habe einen Wohnbereich, mit Sofa, Fernseher und Playstation, und einen Schlafbereich mit begehbarem Kleiderschrank. Ich habe ein eigenes Badezimmer und ein Dachfenster über dem Bett.

»Das ist dein Zimmer? Du hast ja eine ganze Wohnung für dich allein!«

»Könnte man sagen.«

»Unglaublich.« Jeremy strich über das Regal mit den Playstation-Spielen. »Du bist ein Gamer? Da wäre ich nie drauf gekommen.«

»Jetzt nicht mehr so sehr. Von elf bis dreizehn hab ich kaum was anderes gemacht. Mein Interesse daran ist so ziemlich verflogen.«

Er nahm eine Hülle heraus. »Oh. Ein Lego-Harry-Potter-Spiel?«

Ich nahm es ihm weg und stellte es zurück ins Regal. »Wie ich schon sagte, ich war elf.«

Er grinste mich an. »Und wo schlafen deine Eltern?«

»Unten. Ihr Zimmer wäre eigentlich das Wohnzimmer, Hobbyraum oder was auch immer. Es hat einen Kamin. Es ist auch sehr schön.« Es klang wie eine Entschuldigung. »Sie wollten es so, okay? Ich habe sie nicht aus ihrem Zimmer geekelt oder so. Wir sind vor vier Jahren hier eingezogen, und meine Eltern meinten, ich bräuchte meinen eigenen Bereich.«

»Wow.«

Wir lümmelten uns aufs Sofa. »Vicky und Bill sind cool, ich weiß.«

»Wie kommt's, dass du sie beim Vornamen nennst, statt Mom und Dad zu sagen?«

»Keine Ahnung. Hab ich schon immer so gemacht.« Mir kommt es komisch vor, dass die meisten Leute ihre Eltern nicht mit dem Vornamen ansprechen. Ich kann mir nicht vorstellen, zu Vicky *Mom* zu sagen. Es wäre, als würde sie mich *Tochter* und Bill *Ehemann* nennen.

»Komisch. Für meine Mutter wäre das nichts.«

»Jede Familie ist anders.« Ich zog die Schultern hoch und wir schwiegen eine Weile. Schließlich räusperte ich mich. »Hey, ich wusste ja gar nichts von deinem Bruder.«

»Hmm. Na ja.«

»Wieso hast mir nichts davon erzählt?«

»Es ist nie zur Sprache gekommen.«

»Ja, weil du es nie erwähnt hast.« Ich setzte mich gerade hin und zog die Beine an den Körper.

Jeremy saß ein Stück von mir entfernt auf der Sofalehne. »Was sollte ich denn sagen? Ach übrigens, hab ich dir schon erzählt, wie mein Bruder ertrunken ist?«

»Schien dir nicht schwerzufallen, es meiner Mutter zu sagen.« Ich wusste, dass ich mich blöd verhielt, aber ich konnte nicht anders.

»Sie ist ganz schön beeindruckend.«

»Jaja.«

»Was soll das heißen? Findest du nicht?«

»Doch. Stimmt schon.« Ich knibbelte den Nagellack von meinem Daumennagel. »Sie ist toll. Beide sind toll.«

»Du siehst aus wie deine Mom, wusstest du das?«

»Findest du?« Wahrscheinlich sehe ich ihr wirklich ähnlich, irgendwie. Wir haben beide dicke, dunkelblonde Haare – ihre sind kürzer und heller, weil sie Strähnchen hat – und braune Augen. Aber sie ist größer und eleganter und hat mehr Kurven. Bis ich zwölf war, sah ich aus wie ein Junge, und mit kürzeren Haaren und weitem Sweatshirt würde ich wohl immer noch als Junge durchgehen.

»Du ähnelst ihr total. Aber sie ist wirklich cool. Du hast Glück. Im Ernst.«

»Ich weiß, ich weiß. Jetzt reicht's aber, Jeremy.«

Er zog die Brauen hoch und wich übertrieben zurück. »Schon gut! Was hast du denn?«

»Nichts. Es ist nur, weißt du, manchmal ...«

»Sie sind nicht so perfekt, wie sie scheinen?«

»Nein, sind sie schon. Na ja, nicht perfekt, aber sie sind schon ziemlich großartig. Aber manchmal habe ich Angst, ihren Erwartungen nicht gerecht zu werden. Verstehst du? Ich fühle mich schuldig, wenn ich nicht total glücklich und selbstsicher bin und ... ich weiß auch nicht. Ich will sie einfach nicht enttäuschen.«

Jeremy sah mich zweifelnd an. »Ich kann mir nicht vorstellen, dass sie es so sehen würden.«

Ich verdrehte die Augen. »Natürlich nicht. Sie wären mitfühlend und verständnisvoll, und sie würden mir zum x-ten Mal versichern, wie sehr sie mich lieben und an mich glauben.« Ich schniefte und musste plötzlich mit den Tränen kämpfen. »Es ist nur ... manchmal habe ich das Gefühl, ich bin einfach nicht so toll, wie sie denken. Das ist alles.«

Er blieb längere Zeit stumm. Dann nahm er meine Hand. »Armes kleines reiches Mädchen«, sagte er mit sanftem Spott.

»Wir sind nicht reich«, erwiderte ich automatisch.

Er schaute sich in meinem Zimmer um und lächelte vielsagend. Ich spürte, wie mir das Blut ins Gesicht schoss. »Ich hab nicht von Geld gesprochen.«

Ich entzog ihm meine Hand. »Du bist total vom Thema abgekommen.«

»Echt? Worüber haben wir denn geredet?«

»Über deinen Bruder«, erinnerte ich ihn eindringlich.

»Lucas.«

Jeremy war gut eins achtzig und ich gerade mal eins fünfundsechzig, und dadurch, dass er auf der Lehne saß, wirkte er noch größer. Ich musste mich zurücklehnen, um ihm in die Augen sehen zu können. »Erzähl mir von ihm.«

»Er war zwei Jahre jünger als ich«, erwiderte er. »Er wäre diesen Monat fünfzehn geworden.«

»Mm.« Ich fragte mich, ob ich an Lucas' Geburtstag mit Jeremy zusammen gewesen war. Ob er an ihn gedacht hatte, ohne mir ein Wort davon zu sagen. »Wie war er denn so?«

»Ein ganz normaler Junge. Alle mochten ihn. Eltern, Lehrer, Mitschüler und so weiter. Er war schlau, aber kein Nerd. Ein guter Fußballspieler. Hatte gerade mit Skateboardfahren angefangen.« Er deutete auf mein Spieleregal. »Hat viel Zeit mit seiner X-Box verbracht.«

»Habt ihr euch gut verstanden?«

»Als wir jünger waren, schon. Aber in den letzten paar Jahren nicht mehr so sehr.« Er lachte bitter. »Ich war ihm zu schräg.«

»Zu irrsinnig schlau?«

»Nur irrsinnig, glaube ich.« Jeremy schnitt eine Grimasse. »Er dachte, ich würde seinem Ruf schaden, wenn er auf die Highschool kam.«

Doch er ist niemals zur Highschool gekommen. »Was ist passiert?«, fragte ich. »Ich meine, wenn du nicht drüber reden magst, ist das okay. Ich habe mich nur gefragt.«

»Wie er gestorben ist, meinst du?« Er grinste spöttisch. »Das fragt jeder.«

»Ich wollte nicht neugierig sein«, entschuldigte ich mich.

»Das liegt in der menschlichen Natur.« Jeremy schwieg einen Moment lang. »Was denkst du, Mel? Über den Tod, meine ich.«

Ich schob die Fingerspitze zwischen die Zähne und biss mir auf den Nagel. Eine schlechte Angewohnheit. Leider war das, was ich glaubte, wohl kein Trost für jemanden, der seinen Bruder verloren hatte. »Äh, ich bin nicht religiös oder so«, erklärte ich vage. »Also weiß ich es nicht so recht. Ich meine, man kann doch nicht wirklich wissen, was danach passiert, oder?«

»Ich glaube, dass wir zurückkehren.«

»Also Reinkarnation?«

»Ja. Ich glaube, Leben und Tod sind ein Kreislauf. Wie ein Rad, das sich immer weiterdreht.«

»Glaubst du, Lucas wurde wiedergeboren?«, fragte ich und bemühte mich, möglichst neutral zu klingen.

»Oder er kehrt zu einem späteren Zeitpunkt zurück. Ja, das glaube ich.«

»Aha.« Ich versuchte, mich an meine rudimentären Kenntnisse über Reinkarnation zu erinnern. »Ähm, als Mensch? Manche glauben ja auch ...«

»Als Katze oder Insekt? Nein, als Mensch. Ich glaube nicht an diese hierarchischen Vorstellungen, nach denen gute Menschen auf- und schlechte absteigen. Das wird doch nur erzählt, um soziale Kontrolle auszuüben, stimmt's?«

»Wie Himmel und Hölle«, kommentierte ich. »Dadurch haben die Leute einen Grund, sich anständig zu benehmen.«

Er musterte mich nachdenklich. »Ich glaube nicht, dass Mörder als Kakerlake oder so zurückkehren, aber ich denke schon, dass es eine Rolle spielt, wie wir uns in diesem Leben verhalten. Was mich an dem ganzen Gerede über Himmel und Hölle stört, ist, dass es die Menschen dazu bringt, sich auf ein Leben nach dem Tode zu konzentrieren, als ob das das Wichtigste wäre. Aber bei der Reinkarnation kehren wir einfach auf dieselbe Welt zurück. Also egal, was wir machen oder was auch immer wir auf der Welt hinterlassen, es ist alles von Bedeutung.«

Ich nickte.

»Und es bedeutet, dass man eine zweite Chance bekommt«, erklärte er. »Dinge richtig zu machen. Also werde ich in meinem nächsten Leben besser auf Lucas aufpassen.« Er lachte kurz auf. »Weil ich es beim ersten Mal total verbockt habe.«

*

An diesem Abend, nachdem Jeremy gegangen war, hatte ich ein seltsames Gespräch mit Vicky. Als ich mir die Zähne putzte, klopfte sie an die Badezimmertür. »Mel?«

»Komm rein.«

»Na, willst du schon ins Bett?«

»Bin müde«, murmelte ich mit dem Mund voller Zahnpasta.

»Ich glaube, ich kriege eine Erkältung«, sagte sie und öffnete mein Medizinschränkchen. »Hast du Vitamin-C-Tabletten?«

Ich spuckte die Zahnpasta aus. »Ich glaube nicht. Meintest du nicht, das wär Unsinn?«

Sie verzog das Gesicht. »Na ja, es gibt keinen Beweis, dass es hilft, aber es schadet ja nicht, stimmt's? Und im Moment kann ich es mir nicht leisten, krank zu werden.«

»Viel zu tun?«

»Ja. Ramons letzte Berufung steht an und es sieht nicht gut für ihn aus.«

Ich steckte meine Zahnbürste zurück in den Halter. »Mm.«

Sie folgte mir aus dem Bad. »Mel, ich habe mich gefragt, ob Jeremy dir ... wichtig ist?«

»Ja, schon.«

»Ich will dich nicht bespitzeln«, versicherte sie mir. »Ich habe nur so überlegt.«

»Ich kenne ihn ja noch nicht sehr lange«, erklärte ich. »Wir verstehen uns einfach. Wir sind nur gute Freunde.«

»Nur Freunde?«

»Ich schlafe nicht mit ihm, wenn du das wissen willst.« Plötzlich ging mir ein Licht auf. »Sag nicht, du hast in meinem Medizinschränkchen nach der Pille gesucht?«

Sie wurde feuerrot im Gesicht. »Tut mir leid. Das war ... Das hätte ich nicht machen sollen. Ich wollte nur sagen, wenn du die Pille nehmen willst ... oder über Alternativen reden möchtest ...«

Ich hielt die Hand hoch, um sie zu unterbrechen. »Ich. Schlafe. Nicht. Mit. Jeremy. Oder mit einem anderen, falls es dich interessiert. Und mach dir keine Sorgen: Wenn ich das vorhätte, wäre ich nicht unvernünftig.«

»Ich weiß, dass du das nicht bist.«

Ich warf ihr einen genervten Blick zu.

»Okay, okay. Ich weiß, du würdest vernünftig sein. Aber er ist älter als du, stimmt's?«

»Nur ein bisschen ...«

»Und ich kann mich noch gut daran erinnern, als ich in deinem Alter war, Mel. Ich weiß, wie schnell etwas passieren kann. Wie schnell eine Situation außer Kontrolle geraten kann.«

»Ja, schon möglich, aber nicht in meinem Leben, okay?«

»Okay.«

»Und fandst du ihn nett?«, fragte ich, um das Thema zu wechseln.

»Er war sehr höflich.« Sie zögerte. »Und er scheint intelligent zu sein.«

»Ja, das ist er.« Ich setzte mich aufs Bett. »Und wieso gibst du keine Antwort auf meine Frage?«

»Ich kenne ihn doch noch gar nicht richtig, Mel«, murmelte sie ausweichend.

»Du mochtest ihn nicht, oder?« Ich funkelte sie an und versuchte, ihre Worte zu entschlüsseln. »Wieso nicht?«

»Das habe ich nicht gesagt. Dreh mir nicht das Wort im Mund um.«

»Kennst du seine Mom oder was? Ist sie in einer deiner Selbsthilfegruppen für Eltern?«

»Wenn es so wäre, dürfte ich es dir nicht sagen, das weißt du. Aber nein, ich kenne seine Eltern nicht.«

»Wieso bist du dann so komisch, wenn du über ihn sprichst? Weil du dachtest, ich würde mit ihm schlafen? Geht es darum?«

»Nein. Ich weiß nicht. Vielleicht.« Sie zuckte hilflos mit den Achseln. »Hör zu, Mel. Wir konnten immer über alles reden, nicht wahr? Aber du bist sechzehn und du hast ein Recht auf dein eigenes Leben und auf deine Privatsphäre. Und du entscheidest selbst, mit wem du befreundet sein willst und wem du vertraust.«

»Vielen Dank auch.«

»Sei nicht sarkastisch. Wie ich schon sagte, ich kenne Jeremy doch noch gar nicht richtig. Ich mache mir einfach Sorgen. Um ihn. Nicht um dich.«

»Wegen seines Bruders?«

»Vielleicht. Ja, das hat mich aus der Fassung gebracht.«

»Mich auch.«

»Du hast es nicht gewusst?«

»Nein.«

»Wie ist er denn ertrunken? Hat er es dir erzählt?«

Das hatte er nicht, wurde mir klar. Statt zu antworten, hatte er über Reinkarnation gesprochen. »Nicht wirklich.«

»Vielleicht liegt es an all den Jahren als Familientherapeutin, Mel. Aber ich habe das Gefühl, bei Jeremy schlummert mehr unter der Oberfläche, als man auf den ersten Blick wahrnimmt.«

»Das ist doch was Positives. Ich hasse seichte Typen.«

»Ich weiß. Aber es ist manchmal schwer zu erkennen, was in der Tiefe vor sich hinbrodelt.« Sie seufzte. »Und ich bin deine Mutter; ich mache mir Sorgen, okay? Ich kann nicht anders.«

»Brauchst du nicht.« Ich stand auf und umarmte sie. »Mir geht es gut. Er ist ein guter Freund. Und wenn ich jemals die Pille nehmen will, kannst du mit mir zu Dr. Rosewater fahren und mir im Wartezimmer die Hand halten.«

Sie lachte. »Du machst dich über mich lustig.«

»Ja«, sagte ich. »Das tue ich. Und jetzt schmeiß ich dich raus, weil ich ins Bett will.«

»Ich hab dich lieb, Mel. Für immer und ewig. Vergiss das nicht.« Vicky küsste mich auf beide Wangen und auf die Nase. »Schlaf gut, mein Schatz.«

»Hab dich auch lieb«, sagte ich.

TRÄUMEN

Am nächsten Tag verbrachten Jeremy und ich die Mittagspause miteinander. Die Sonne schien, doch es war ein wenig diesig und schwül, wodurch ich mich müde und gleichzeitig rastlos fühlte.

»Ich wünschte, wir hätten ein Auto«, sagte er. »Dann könnten wir irgendwohin fahren. Zum *St.-Pete*-Strand vielleicht. Da bin ich schon ewig nicht mehr gewesen.«

Wir saßen unter einer riesigen, moosbewachsenen Eiche, am äußersten Ende des Baseballfelds hinter der Schule. »Ist das nicht ... ich meine, ich könnte mir vorstellen ...«

»Mein Bruder?«

Ich nickte.

»Er ist und bleibt tot, ob ich nun an den Strand fahre oder nicht«, erwiderte er.

»Ich weiß. Aber würde es dir nicht schwerfallen, dorthin zu fahren? Das weckt doch sicher Erinnerungen.«

»Als ob man so etwas vergessen könnte, Mel«, schnaubte er.

Das Blut stieg mir in die Wangen und ich schaute zu Boden. Wieder fragte ich mich, was passiert war. War Jeremy dabei gewesen? Gab er sich die Schuld daran, dass Lucas ertrunken war? Ich wagte nicht, ihn zu fragen.

»Hast du schon mal was über luzides Träumen gehört?«, fragte Jeremy plötzlich unvermittelt.

»Nein, sollte ich?«

»Ich finde schon. Es ist ziemlich cool.«

»Luzid im Sinne von klar? Strahlend?«

»Eher bewusst. Man weiß, dass man träumt.« Er zog die Schultern hoch, als sei es keine große Sache, doch sein Blick war intensiver als sonst, durchbohrte mich förmlich, sodass ich mich am liebsten weggeduckt hätte. »Ich arbeite seit einem Jahr daran«, erklärte er. »Sehr hart.«

»Du arbeitest an deinen Träumen?« Ich lachte. »Wie denn? Indem du viel schläfst? Ich will dich nicht enttäuschen, aber das wird im Allgemeinen nicht als harte Arbeit betrachtet.«

Er blieb todernst. »Beim ersten Mal war es ein Zufall. Ich schlief und träumte, dass ich einen Flur entlangging.« Er hielt kurz inne. »Ich weiß, dass es todlangweilig ist, wenn Leute von ihren Träumen erzählen, aber hör zu, okay?«

»Bin ganz Ohr.«

»Ich ging also durch den Flur und da waren all diese Türen ...«

»Aha.«

»Und dann dachte ich, hey, das hier ist ein Traum. Als wäre ich aufgewacht, nur dass ich immer noch in diesem Flur war. Es war – ich weiß auch nicht. Ich wollte sagen, es war seltsam, aber eigentlich hat es sich ganz normal angefühlt.«

»Und was ist dann passiert?«

»Ich dachte, ich kann mir eine der Türen aussuchen. Und dahinter werde ich den Strand sehen. Also habe ich eine Tür geöffnet und tatsächlich, da war der Strand.«

»Dann konntest du den Traum also beeinflussen?«

Er ignorierte meine Frage und redete weiter, sprach immer schneller, als stünde er unter Druck. »Und ich dachte, Lucas sei hier. Und mein Herz raste, ich rannte durch den Sand ... und da war er. Er stand einfach da. Ich konnte den Ozean hinter ihm sehen. Ich konnte ihn riechen.« Er schüttelte den Kopf und atmete geräuschvoll aus. »Und dann bin ich aufgewacht. Aber es war so real. Noch Tage später konnte ich mich ganz deutlich daran erinnern. Die Bilder verblassten nicht, wie das sonst bei Träumen passiert. Also habe ich mich informiert und herausgefunden, dass es ein sogenannter luzider Traum oder ein Klartraum war.«

»Weil du wusstest, dass du träumst?«

»Genau. Und ich wollte bewirken, dass es noch mal passiert.«

»Das kannst du?«, fragte ich skeptisch. »Wie? Ich meine, du musst doch schlafen, damit es funktioniert.«

»Deshalb ist es ja auch so schwierig.«

»Stimmt.« Ich hätte fast gelacht, aber er sah so ernst aus, dass ich mich nicht traute. »Und wie machst du es nun?«

»Man muss sein Gehirn überlisten«, eröffnete er mir. »Man fängt an, wenn man wach ist. Man muss sich die ganze Zeit fragen: Ist das real? Träume ich? Als wenn es anfängt zu regnen und du sagst: Regnet es wirklich? Ist das ein Traum?«

»Klingt merkwürdig«, kommentierte ich.

Jeremy beugte sich vor und seine Augen, kohlschwarz und mit dunklen Schatten darunter, brannten sich in mein Inneres. »Du musst die Grenzen verschwimmen lassen«, sagte er. »Wachheit und Schlaf. Realität und Traum. Du kannst in einen Traum hinein- und hinausgleiten, ohne aufzuwachen. Du kannst entscheiden, was in dem Traum geschieht. Den Verlauf des Traumes beeinflussen, als ob du eine Geschichte schreiben würdest.«

»Wäre hilfreich gewesen, als ich acht war«, sagte ich. »Damals hatte ich schreckliche Albträume.« Das stimmte tatsächlich. Verrückte Träume, in denen ich von Elmo aus der Sesamstraße verfolgt wurde. Von einem wahnsinnigen Elmo mit Augen, die aussahen wie die Augen von Chucky, der Mörderpuppe. Ich wachte schreiend auf, und Vicky kam in mein Zimmer gerannt und fragte, was ich denn Schreckliches geträumt hätte. Ich habe es ihr nie erzählt. Es war mir zu peinlich.

»Ich schicke dir ein paar Links«, sagte er. »Du solltest es auch mal versuchen.« Er legte sich auf den Rücken und schloss die Augen. Seine Wangen waren seidig glatt wie die eines Kindes, keine Spur von Bartstoppeln, und über seine Lider zogen sich blaue Äderchen. Sein dunkles Haar, das er sonst immer nach vorn kämmte, war nach hinten gefallen, wodurch seine hohe Stirn zum Vorschein kam. Er wirkte seltsam verletzlich. Plötzlich schlug mein Herz schneller, und ich hatte den unwiderstehlichen Drang, ihm übers Haar zu streichen.

Stattdessen drehte ich mir eine Zigarette.

Er schlug die Augen auf. »Warum rauchst du, Melody?«

»Keine Ahnung. Ich rauche nicht viel. Mit dieser Packung komme ich eine ganze Woche aus.« Höchstens drei am Tag, aber Vicky und Bill wären entsetzt gewesen, wenn sie es gewusst hätten. Immer wenn ich daran dachte, plagten mich schreckliche Schuldgefühle.

»Wann hast du angefangen?«

Ich seufzte. »Letztes Jahr zu Beginn der Highschool. Ich kam direkt in diesen College-Vorbereitungskurs.«

»Echt?«, sagte er erstaunt. »So hätte ich dich gar nicht eingeschätzt.«

»Nicht so intelligent?«

»Quatsch. Natürlich bist du intelligent. Ich meinte, dass du kein Arschkriecher bist.«

»Ich war keine Einserschülerin oder so.«

»Was hat das mit dem Rauchen zu tun?«

»Versprich mir, dass du nicht lachst!«

»Versprochen.«

»Devika und Adriana wurden nicht in den Kurs aufgenommen. Und plötzlich zählte es nicht mehr, dass wir in den letzten zwei Jahren immer zusammen waren. Sie machten Witze über mich, sagten, ich hätte mich bei den Lehrern eingeschleimt, erzählten rum, ich würde mich für was Besseres halten ...«

»Okay.« Er sah verwirrt aus, fragte jedoch nicht weiter nach.

»Ich wollte ihnen wohl nur zeigen, dass mir das alles

nichts ausmacht, verstehst du? Hab so getan, als wäre ich tough und cool. Hab geraucht. Mich anders gekleidet. Wollte mir ein bestimmtes Image zulegen. Ich weiß, das war blöd.«

»Wie jetzt? So?« Er deutete auf meine Jeans und mein T-Shirt.

»Nein. Schwarze Klamotten, schwarz geschminkte Augen, ein bisschen in die Gothic-Richtung. Hab's aber nur einen Monat lang durchgezogen.«

Er lachte. »Tut mir leid. Ich kann's mir einfach nicht vorstellen.«

»Ja, ich weiß. Du hast recht. Ich hab es nicht hingekriegt. Ich sah aus wie, keine Ahnung, wie eine Streberin in Gothic-Verkleidung.« Ich hielt kurz inne. »Diese dusselige Party, von der du gehört hast ...«

»Todesengel?«

»Mm. Damit war es zu Ende. Devika und Adriana waren da und ich ... keine Ahnung. Es war blöd. Ich hab was getrunken und daran gedacht, wie viel Spaß wir früher zusammen hatten. Und ich habe ein paar Paracetamol-Tabletten gegen meine Kopfschmerzen genommen, und dann kam mir die Idee, ein paar mehr zu nehmen und noch ein paar mehr. Dann fing ich an zu weinen und hab Adriana davon erzählt. Ich wollte wohl, dass sie Mitleid mit mir kriegte oder so.«

»Vielleicht hat sie ja das Richtige getan, als sie den Krankenwagen gerufen hat.«

Ich schnaubte verächtlich.

»Im Ernst. Woher sollte sie wissen, wie viele Tabletten du eingeworfen hattest? Vielleicht hatte sie Angst um dich?«

»Sie hat es allen erzählt, Jeremy. Ich meine, es war ein Albtraum, als ich zurück in die Schule kam.« Ich steckte meine Zigarette an. *»Todesengel.«*

»Ja, ich weiß. Hab die Geschichten gehört.«

»Hast du mich deshalb angesprochen? Wegen dem, was du gehört hast?«

»Vielleicht.« Sein Gesichtsausdruck war nicht zu deuten. »Und bist du immer noch im College-Vorbereitungskurs?«

Ich nickte.

»Und du rauchst immer noch.«

»Es gefällt mir.« Ich legte mich neben ihn und starrte in den Himmel. »Guck mal.« Ich blies einen perfekten Rauchkringel. »Hast du das gesehen? Das ist eine verloren gegangene Kunst.«

»Eine verloren gegangene Kunst, von der du Krebs bekommen kannst.«

»Weiß ich doch, Blödmann.« Ich schnitt eine Grimasse. »Ich werde aufhören.«

»Als wir uns kennenlernten, hast du gesagt, du rauchst, weil im Todestrakt alle rauchen.«

»Tun sie ja auch.« Ich drehte mich auf die Seite, um ihn anzusehen. Wir lagen nebeneinander im Gras und unsere Gesichter waren keinen halben Meter voneinander entfernt. »Das ist dort so üblich.«

»Warst du im Gefängnis? Ich meine, woher willst du das wissen?«

»Schau ins Netz«, sagte ich. »Da ist diese Bekannte von meiner Mom – Pam. Sie ist Grafikdesignerin oder so und sie arbeitet ehrenamtlich in Vickys Gruppe mit. Sie entwirft Webseiten für die Insassen. Sie schicken ihr Sachen – Kunstwerke, selbst geschriebene Texte, Bilder, die sie von ihren Enkelkindern geschickt bekommen – und sie stellt sie ins Netz.«

»Nee, oder?«

»Doch, wieso denn nicht?«

»Kann man sich irgendwie gar nicht vorstellen, dass sie Enkelkinder haben.«

»Sie sind ganz normale Menschen, Jeremy. Man kann es sich nicht vorstellen, weil wir sie nicht als Menschen betrachten. Weil es leichter ist, sie zu töten, wenn wir sie für Monster halten. Deshalb machen Vicky und Pam die Website. *WaitingToDie.com.* Um der Öffentlichkeit die menschlichen Gesichter der Todeskandidaten zu zeigen.«

»Wird die Seite tatsächlich aufgerufen?« Er klang zweifelnd.

»Nicht sehr oft. Die Leute wollen nichts darüber erfahren.« Ich stützte die Ellbogen auf. »Willst du wissen, wie es da drinnen ist? Du kriegst drei Mahlzeiten am Tag: um fünf Uhr morgens, um elf und um sechzehn Uhr. Du weißt, dass du getötet wirst, aber du weißt nicht, wann. Es kann Jahre dauern ...«

»Mel, es ist nicht deine Schuld, dass sie da drinsitzen.«

»Als ob ich das nicht wüsste«, sagte ich grimmig.

»Du klingst sauer. Was ist los?«

Ich rollte mich wieder auf den Rücken. »Ich weiß nicht. Ich muss nur oft daran denken. Das ist alles.« Ich drückte meine Zigarette im Gras aus. »Von der Henkersmahlzeit hast du sicher schon gehört, oder?«

»Mm.«

»Was würdest du dir bestellen?«

»Keine Ahnung. Vielleicht ein Steak. Oder Hummer. Gambas. Und eine Flasche Rotwein. Teure Schokolade. Oder Käsekuchen vielleicht.«

»Keine Chance. Vierzig Mäuse. Mehr gibt das Budget nicht her.«

»Okay, streichen wir den Hummer ... Echt jetzt?«

»Ja, das stimmt. Und die Zutaten müssen vor Ort erhältlich sein. Und es wird vom normalen Küchenpersonal zubereitet, man darf also keine Wunder erwarten. Mein Onkel arbeitet im Gefängnis.«

»Als Wärter?«

»Nein. In der Verwaltung.«

»Oh.«

Eine ganze Weile sagte keiner von uns etwas, und plötzlich wurde mir bewusst, wie nah sich unsere Gesichter waren. Wir kannten uns erst seit ein paar Wochen, aber er war mein bester Freund geworden. Und es war noch nie leicht für mich, Freunde zu finden. Ich wollte es nicht durch irgendwas verderben. Mein Herz schlug ein wenig schneller als normal. *Ich fühle mich nicht von ihm angezogen*, ermahnte ich mich streng. *Wir sind Freunde. Mehr nicht.*

Ich setzte mich auf, kreuzte die Beine übereinander und verschränkte die Arme vor der Brust. »Ich sterbe vor Hunger«, erklärte ich. »Hast du was zu essen dabei?«

TODESPLÄNE

Vicky und Bill treffen schneller im Krankenhaus ein, als ich es für möglich gehalten hätte. Sie sehen aus, als wären sie gerade aus dem Bett gekommen – Vickys Haare sind links platt gelegen und stehen rechts hoch. Sie trägt ein Sweatshirt und Flanellhosen. Bill sieht verschlafen und konfus aus. »Melody«, ruft Vicky und schließt mich in die Arme.

Ich fange wieder an zu schluchzen und presse die Stirn an ihre Schulter.

»Oh, mein Liebling. Oh, mein Liebling. Es tut mir so leid.« Sie streicht mir über den Rücken. »Hast du schon gehört, wie es ihm geht?«

»Er wurde operiert«, sagt Christine. »Er ist stabil. Aber wie es aussieht, wird er eine ganze Weile hierbleiben müssen.«

»Seine Mom ist hier«, flüstere ich. »Ich hab sie gesehen.«

»Oh, mein Liebling«, sagt Vicky. »Was ist passiert? Warst du bei ihm?«

»Ich habe nicht geglaubt, dass er es wirklich durchzieht«, erwidere ich. »Ich habe nicht geglaubt, dass er springt.«

»Melody wollte ihn stoppen«, erklärt Christine. »Der Polizeibeamte sagte, sie war direkt neben ihm und hat versucht, ihn festzuhalten, als er gesprungen ist.«

Vicky beugt sich nach hinten, um mich anzusehen, doch ich weiche ihrem Blick aus. Ich kann ihr nicht in die Augen schauen.

»Melody«, sagt sie. »Oh, Melody.«

Und ich frage mich, ob sie Bescheid weiß, frage mich, wie viel von der Wahrheit sie ahnt.

*

Der Plan begann fast wie ein Witz. Nicht wie ein Ha-ha-ha-Witz, sondern eher wie schwarzer Humor. Ich hatte einen ätzenden Tag – kann mich gar nicht mehr erinnern, wieso. Wahrscheinlich habe ich für ein Referat nur eine Zwei gekriegt, obwohl ich mich dafür ins Zeug gelegt hatte, oder irgendein Lehrer hatte *sehr enttäuschend* an den Rand geschrieben, oder meine Schulkameraden hatten noch mehr über mich getuschelt als üblich. Aus welchem Grund auch immer fühlte ich mich richtig mies, als Jeremy und ich uns unter unserem Baum trafen.

»Was ist denn mit dir los?«, fragte er. Er lag seitlich aufgestützt im Gras. »Ist dein Hund gerade gestorben?«

»Hab keinen Hund«, sagte ich.

»Ha, ha. Komm schon, was ist passiert?«

»Das Leben ist manchmal echt beschissen, das ist alles.«

»Wohl wahr.«

Meine Erinnerung an das, was darauf folgte, ist so klar und deutlich wie ein HD-Film. Denn Jeremy streckte die

Arme aus und zog mich ganz fest an sich. Mein Kopf ruhte auf seiner Brust. Ich hörte sein Herz schlagen und stellte fest, dass sein T-Shirt nach Weichspüler roch. Er strich über meine Haare und ich spürte die Berührung seiner kühlen Finger.

»Wenn alles zu schlimm wird, können wir jederzeit aussteigen, stimmt's? Wie Camus gesagt hat, das Wann und Wie spielt keine Rolle.«

Ich kniff die Augen ganz fest zu. »Ja. Wir springen zusammen von der *Skyway*-Brücke.«

»Was willst du als Henkersmahlzeit essen?«

Ich spreizte die Finger und meine Handfläche lag auf seiner flachen Brust. »Hm. Makkaroni mit Käse. Zwiebelringe. Cola. Eis.«

»Das nenne ich solide amerikanische Hausmannskost.«

Ich lachte. »Und du?«

»Das wäre auch was für mich.«

Ich schloss die Augen und lag einfach da und lächelte, fragte mich, was das hier zu bedeuten hatte. Wie sich unser Verhältnis entwickeln würde. Ich dachte nicht daran, mich tatsächlich von einer Brücke zu stürzen.

Ich war zu sehr mit der Frage beschäftigt, ob ich dabei war, mich in meinen besten Freund zu verlieben.

*

In den darauffolgenden Tagen trafen Jeremy und ich uns vor der Schule, verbrachten die Mittagspause zusammen und gingen nach dem Unterricht zu mir nach Hause. Er blieb am ersten Abend zum Essen und am nächsten und am übernächsten und meine Eltern schienen nichts dagegen zu haben. Manchmal erwischte ich Vicky dabei, wie sie ihn nachdenklich ansah, und ich nahm an, dass sie sich fragte, was zwischen uns beiden vor sich ging. Ich stellte mir dieselbe Frage. Denn obwohl wir fast unsere gesamte freie Zeit miteinander verbrachten und uns Nachrichten schickten, wenn wir getrennt waren, obwohl man uns an der Schule für ein Pärchen hielt und obwohl wir oft wie zwei Kätzchen aneinandergekuschelt auf dem Sofa saßen, war zwischen uns noch nichts Richtiges passiert.

Er behandelte mich wie eine Schwester.

Eines Abends, als wir in meinem Zimmer ein Spiel auf der Playstation gespielt hatten, legte er seinen Controller weg, streckte sich auf dem Sofa aus und legte den Kopf auf meinen Schoß. Ich musterte sein Gesicht, das vom Bildschirm erleuchtet wurde. »Jeremy?«

»Mm.« Er öffnete nicht die Augen. Ich betrachtete die blassblauen Adern auf seinen geschlossenen Lidern und seine dichten Wimpern, die sich wie ein kohlschwarzer Kranz von seiner bleichen Haut abhoben. Ich hätte nicht sagen können, ob er gut aussah oder nicht. Seine Nase war zu groß, knochig und gebogen. Krumm. Seine Haare und Augenbrauen waren schwarz, seine Haut sehr blass und an den Konturen ein wenig pickelig, und er war unheimlich dünn. Klapperdürr. Die Schlüsselbeinknochen ragten aus dem V-Ausschnitt seines Pullis hervor. Wenn er ein Mädchen gewesen wäre, hätte man ihn für magersüchtig gehalten. Er hatte jedoch einen hübschen Mund, mit vollen Lippen und geraden, weißen Zähnen.

»Woran denkst du?«, fragte ich ihn.

»An Musik.«

»Welche Musik?«

Er sah mich an. »Im Sommer habe ich eine Playlist zusammengestellt. Sie würde dir gefallen, Todesengel.«

»Du sollst mich nicht so nennen«, wies ich ihn automatisch zurecht.

Er lachte. »Meine Suizid-Playlist. Ich dachte immer, wenn ich mich umbringe, dann würde ich es mit dem Auto in der Garage machen. Kohlenmonoxid. Und auf der Playlist war die Musik, die ich auf dem Weg ins Jenseits hören wollte.«

»Was war drauf?«

»Sie ändert sich ständig. ›How to Disappear Completely‹ von *Radiohead.* ›Swim good‹ von Frank Ocean. Eins von *Forever the Sickest Kids,* ›What Happened to Emotion?‹ – kennst du das?"

»Klar. Was noch?«

»Ähm, dieses alte *Clash*-Stück ›Lose this Skin‹. Das finde ich großartig. Und ›Hindsight‹ von *Death CabforCutie.* ›TooFar Down‹ von *HüskerDü.* Und noch ein paar von *The Used.* Jede Menge andere Stücke. *Velvet Underground.* Wenn du willst, schicke ich dir die Playlist.«

»Na ja, das funktioniert nicht so gut, wenn wir von der Brücke springen. Du solltest besser einen kurzen Song wählen.«

Er lachte. »Vielleicht könnten wir sie ja bei unserer letzten Mahlzeit anhören.«

»Ich will ein paar alte Sachen«, erklärte ich. »Jazz und Blues.«

Für mich war das Ganze ein Witz. Aber wer soll mir das jetzt noch glauben?

*

Der Raum im Krankenhaus riecht nach Desinfektionsmitteln, und irgendwo heult ein Kind. Vicky fasst mich leicht am Kinn, sodass ich nicht wegschauen kann. »Sag mir die Wahrheit«, fordert sie mich auf. »Wolltest du auch springen?«

»Nein«, antworte ich. »Natürlich nicht, Vicky!« Doch es ist nicht die ganze Wahrheit, und ich merke, dass sie es ahnt.

Sie blickt an mir vorbei und schaut Christine an. »Ich weiß nicht, ob Mel es Ihnen erzählt hat, aber letztes Jahr gab es ... einen Zwischenfall. Sie hat mehrere Paracetamol-Tabletten geschluckt ...«

»Das ist nicht fair«, unterbreche ich sie. »Es hat nichts mit dem hier zu tun.«

Christine sieht mich fragend an.

»Es war kein Suizidversuch«, erkläre ich.

»Das habe ich auch nicht behauptet«, lenkt Vicky ein. »Ich dachte nur, vielleicht ...«

»Es hat nicht das Geringste mit dem hier zu tun«, schneide ich ihr das Wort ab. »Es hatte gar nichts zu bedeuten.«

Es bleibt eine Weile still. Bill lässt sich erschöpft auf einen Stuhl fallen und sieht aus, als sei er um zehn Jahre gealtert.

»Jeremy ist verletzt«, sage ich. »Okay? Er hat versucht,

sich umzubringen, und jetzt ist er sehr schwer verletzt. Würdet ihr bitte damit aufhören, so zu tun, als ginge es hier um mich?«

Vicky stößt einen tiefen Seufzer aus. »Es tut mir leid, Mel. Natürlich machen wir uns Sorgen um Jeremy. Aber du wirst für uns immer am wichtigsten sein. Wir haben dich lieb.«

»Das weiß ich«, erwidere ich und meine Worte klingen fast ein wenig barsch. »Aber irgendwas hervorzukramen, das letztes Jahr passiert ist, hilft nicht weiter, okay?«

»Die Polizei meinte, dass Melody versucht hat, ihn vom Springen abzuhalten«, sagt Christine.

Bill steht auf und schlingt die Arme um mich und Vicky. »Darf sie zu ihm?«, fragt er. »Oder geht das noch nicht?«

»Wahrscheinlich ist es noch zu früh«, sagt Christine. »Er ist gerade erst aus dem OP auf die Intensivstation verlegt worden.«

»Ich will ihn nicht sehen«, erkläre ich. »Ich will nach Hause.«

SCHWARZE LÖCHER

Vor ein paar Wochen, an Halloween, verriet Jeremy mir endlich, was mit seinem Bruder passiert war.

Ich ging mit Suzy auf Süßes-oder-Saures-Tour und hatte ihn überredet, uns zu begleiten. »Die perfekte Entschuldigung, um die Häuser zu ziehen«, ließ ich ihn wissen. »Offiziell passe ich auf Suzy auf, was bedeutet, dass ich Geld dafür kriege, als Katze verkleidet durch die Gegend zu laufen. Mein erster bezahlter Schauspielauftritt.«

Er lachte, und nach dem Abendessen stand er vor unserer Haustür und trug einen langen, weißen Laborkittel, eine dunkle Hornbrille und eine struppige, graue Perücke. Er sah total bescheuert aus.

»Als was gehst du?«, fragte ich ihn.

»Als Wissenschaftler vom Planeten Transsexuell in der Galaxie von Transsylvanien. *Rocky Horror Picture Show*, verstehst du? Aber du kannst Suzy sagen, ich sei Einstein.«

Ich hob seinen Kragen an und linste unter seinen Laborkittel, unter dem er ein schwarzes T-Shirt trug. »Müsstest du nicht sexy Unterwäsche tragen?«

»Ja, aber ich wollte dich nicht zu sehr schocken. Außerdem soll das Kostüm wegen der Kleinen jugendfrei bleiben.«

»Sie muss jeden Moment hier sein.« Ich blickte wieder in den Flurspiegel und malte mir mit schwarzem Eyeliner ein paar Schnurrhaare auf die Wangen. »Ihre Mom bringt sie her.«

»Das ist doch das Mädchen, das dir immer die Fingernägel lackiert, oder?«

»Gutes Gedächtnis.« Ich betrachtete die Überreste des limettengrünen Glitzerlacks. »Sie geht in die dritte Klasse. Aber sie ist ganz anders, als man sich eine typische Drittklässlerin vorstellt.«

»Inwiefern?«

»Wahnsinnig intelligent.«

»Wie du.«

»Kein Vergleich. Ich komme gut zurecht, aber Suzy spielt in einer ganz anderen Liga.« Ich lernte Suzy vor einem Jahr kennen, nachdem sich ihre Mom an die Koordinatorin des College-Vorbereitungskurses meiner Highschool gewandt hatte, auf der Suche nach einer Kombination aus Mentorin, Babysitterin und Ersatzschwester für ihre hochintelligente Tochter. Als Mrs Williams mich fragte, ob ich diese Aufgabe übernehmen wolle, verdrehte ich die Augen, aber sie bot mir eine anständige Bezahlung, also sagte ich zu. Ich wusste nicht, warum Mrs Williams unter all den Kursteilnehmern ausgerechnet mich gewählt hatte, aber ich freute mich darüber, denn Suzy war ein cooles Mädchen.

Es läutete an der Tür. »Komm mit. Das wird sie sein.«

»Bist du sicher, dass sie nichts dagegen hat, wenn ich euch begleite?«

»Jap.« Ich nahm zwei Stufen auf einmal und öffnete die Haustür. »Suzy?«

»Hallo.« Suzy legte den Kopf schief und musterte mich kritisch.

Ihre Mom, Nina, stand hinter ihr, das schwarze Haar in einem straffen Pferdeschwanz und mit goldenem Nasenstecker. »Hallo, Melody. Danke, dass du mit ihr losziehst.«

»Hast du keine Katzenohren?«, fragte Suzy unvermittelt.

»Ich habe sie nur noch nicht aufgesetzt.« Ich zeigte ihr einen Haarreif, an dem spitze, schwarze Ohren befestigt waren. »Du siehst übrigens toll aus.« Suzy war von Kopf bis Fuß mit grünen Federn bedeckt. Ihre gegelten Haare standen ihr in wilden Stacheln um den Kopf. In der Hand hielt sie eine silberne Flöte, und an einer Schärpe, die sie um die Schulter trug, baumelte ein kleiner Vogelkäfig.

»Bist du ein Papagei?«, fragte Jeremy.

»Papageno.«

Jeremy sah mich fragend an.

»Der Vogelfänger aus der *Zauberflöte*«, ließ Suzy ihn wissen.

Er machte ein ratloses Gesicht. »Nie gehört. Ist das ein Film?«

»Eine Oper«, erklärte Nina. »Mozart.«

»Aha.« Er streckte Nina die Hand entgegen. »Ich bin Mels Freund Jeremy.«

»Sehr erfreut.« Nina schüttelte seine Hand und wandte

sich dann wieder an mich. »Viel Spaß, Mel. Ich hole Suzy gegen neun ab, wenn das okay ist? Jim und ich wollen essen gehen. In ein nettes, ruhiges Restaurant für Erwachsene. Keine Wachsmalstifte, keine Kinderspeisekarte.«

Ich lachte. »Neun Uhr geht klar. Viel Spaß.« Ich winkte ihr zum Abschied zu und sie marschierte zurück zum Wagen. Jim lächelte mir zu und hielt den Daumen hoch.

Jeremy beugte sich zu Suzy herunter. »Hallo, Suzy. Ich bin Jeremy. Mel meinte, es wäre in Ordnung, wenn ich heute Abend mitkomme.«

»Ich weiß. Ich hab ihr gesagt, dass ich einverstanden bin.«

»So.« Ich setzte den Haarreif auf und zupfte meine Katzenohren zurecht. »Es wird langsam dunkel. Und dahinten sehe ich schon ein paar Kinder. Wollen wir los?«

»Was ist mit eurem Haus? Wer teilt hier die Süßigkeiten aus?«

»Vicky ist hier. Und Bill auch.«

»Ich will ihnen mein Kostüm zeigen«, sagte Suzy.

»Na gut, komm rein.« Ich führte sie ins Wohnzimmer, wo Bill ihr die Freude machte, das Duett zwischen Papageno und Papagena zu trällern – Pa-Pa-Pa-Pa-Pa-Papagena! –, während Vicky das wundervolle Kostüm in den Himmel lobte.

Als wir endlich aus der Tür waren, rannte Suzy voraus und schlug wild mit den Armen. »Sie ist ein merkwürdiges Kind, stimmt's?«, sagte Jeremy.

»Sie fliegt.«

»Ich weiß. Aber ich könnte mir vorstellen ... sie ist toll, aber es ist sicher nicht leicht für sie, sich einzufügen, oder?«

Ich schüttelte den Kopf und behielt Suzy im Auge, die gerade die Einfahrt unserer Nachbarn hinauflief. »Nein. Schule ist die Hölle für sie. Kinder können so gemein sein, verstehst du?«

»Ja.« Jeremy räusperte sich. »Ich weiß.«

Ich sah ihn prüfend an.

Suzy kam zu uns zurückgesaust. »M&Ms und Snickers! Kann ich zum nächsten Haus gehen?«

»Klar, geh nur.« Fröhlich mit den Armen flatternd, lief sie vor uns her.

Jeremy deutete auf Suzy. »Ich war auch ein merkwürdiges Kind, glaube ich. Bis ich drei war, habe ich kaum ein Wort gesagt und dann gleich in ganzen Sätzen geredet. Als ich zur Schule kam, sollten meine Eltern mich untersuchen lassen. Die Lehrer dachten, ich sei autistisch oder so. Mom sagt, ich hätte mich gern im Kreis gedreht, komische Geräusche gemacht und solche Sachen.«

»Alle Kinder machen komische Sachen.« Ich dachte an einen alten Spruch, den Bill gern zitierte. *Alle Menschen sind sonderbar, abgesehen von dir und mir, und selbst du bist ein bisschen sonderbar.*

»Kann sein. Aber ich wurde immer geärgert. Dann kam Lucas und er war so normal, wie man nur sein kann.«

»Mm.« Ich sah, wie Suzy eine Gruppe Tüllprinzessinnen, die auf hohen Absätzen herumwankten, überholte und die Eingangstreppe des nächsten Hauses hinaufhastete. »Na ja, zumindest drehst du dich nicht mehr im Kreis.«

»Nein.« Er räusperte sich erneut. »Aus dem Stadium bin

ich wohl herausgewachsen. Wie auch immer. Du wolltest wissen, was mit Lucas passiert ist.« Jeremy starrte geradeaus und beobachtete die Kinder, die sich vor der Haustür drängelten. »Es war Sommer, vor gut zwei Jahren also. Er wollte mit ein paar Freunden zum Strand. Mom zwang mich, sie zu begleiten – sie wollte ständig, dass ich was mit Lucas unternahm; sie hat anscheinend nie gemerkt, dass er mich nicht dabeihaben wollte.«

»Solltest du ... ich meine, hat sie gesagt, du sollst ...« Ich schluckte den Rest der Frage hinunter.

»Ihn im Auge behalten? Ja.« Jeremys Stimme klang hart.

»Jeremy, was auch immer passiert ist, es war nicht deine Schuld.« Sobald die Worte aus dem Mund waren, wusste ich, dass ich einen Fehler gemacht hatte.

»Du weißt doch gar nicht, was passiert ist, Melody. Also verschon mich mit diesem Schwachsinn, okay?«

»Entschuldige. Es tut mir leid.«

»Vergiss es.« Er winkte Suzy zu, die auf dem Weg zurück zu uns war. Sie schaute in den Beutel und zählte ihre Süßigkeiten. »Wie läuft es, Kleine? Hast du große Beute gemacht?«

Suzy verzog das Gesicht. Ich nahm an, dass ihr das Wort *Kleine* missfiel. »Viele eklige Karamellbonbons. Wollt ihr welche? Ich mag eigentlich nur Schokolade.«

Jeremy nahm sich ein Karamellbonbon. »Danke, Kleine. Ich nenn übrigens viele Leute so. Nicht nur Kinder.«

Sie schenkte ihm ein schiefes Lächeln. »Kein Problem.«

»Oder Baby. Melody nenn ich manchmal Baby.« Er stupste mich an. »Stimmt's, Baby?«

»Untersteh dich!«

Suzy kicherte. »Ich geh jetzt zu dem Haus da drüben. Die haben ein Monster auf der Veranda, das sich bewegt, wenn man näher kommt. Es hat bestimmt einen Bewegungssensor.«

»Cool.«

Sie hüpfte davon.

»Hör zu, Jeremy«, sagte ich. »Ich wollte dich nicht nerven. Ich hatte nur Angst, dass du dir Vorwürfe machst. Nur weil du dabei warst, als Lucas ums Leben kam. Aber du hast natürlich recht. Ich weiß nicht, was passiert ist.«

Er nickte. »Ich hätte dich nicht anschnauzen dürfen. Tut mir leid.«

»Schon in Ordnung.«

»Ich hab letzte Nacht von ihm geträumt.«

»So, wie du es mir letztens erzählt hast? Ein Klartraum?«

»Ja. Gewissermaßen. Ich wusste, dass ich träume, aber ich konnte den Traum nicht lenken. Ich wollte mit ihm darüber reden, was passiert ist. Ihm sagen, dass es mir leidtut.«

»Hast du?«

»Nein. Er hat sich aufgeführt wie ein kleiner Dreckskerl.«

Ich lachte. »In deinem Traum?«

»Ja.« Er musste ebenfalls lachen. »Das klingt sicher komisch. Aber er konnte wirklich unausstehlich sein, Mel. Von dieser Seite hat ihn niemand außer mir gekannt.«

»Geschwister sind wohl nicht immer die besten Freunde«, entgegnete ich. »Ich habe immer davon geträumt, einen Bruder oder eine Schwester zu haben, aber ich glaube, in Wirklichkeit hat man ständig jemanden am Hals, mit dem man vielleicht gar nicht klarkommt.«

Jeremy nickte. »Er fällt mir schwer, das jetzt zu sagen, aber manchmal konnte ich ihn nicht leiden. Er war jünger, aber irgendwie ist es mir nicht so vorgekommen.«

»Wie meinst du das?«

»Dieser Tag am Strand. Lucas und seine Freunde, Daimon und Carter. Die drei haben sich die ganze Zeit über mich lustig gemacht. Dass sie so cool seien und ich eben nicht. Es war genau derselbe Mist, den ich immer in der Schule zu hören kriegte, und ich hatte einfach genug davon, verstehst du? Ich sagte zu Lucas, er könne mich mal. Bin ein bisschen spazieren gegangen. Als ich zurückkam, spielten Daimon und Carter mit ein paar anderen Jungs Volleyball und Lucas war nirgends zu sehen. Zuerst habe ich mir keine Sorgen gemacht. Dachte, er sei unterwegs, um sich einen Hamburger oder eine Cola zu kaufen oder ein Mädchen anzuquatschen. So was in der Art.«

»Da sind doch Rettungsschwimmer, oder?«

»Ja, die haben ihn auch entdeckt. Aber da war es schon zu spät. Er war schon tot.«

»Aber warum ist er ... ich meine, er konnte doch schwimmen, oder?«

»Ja, natürlich. Er war ein guter Schwimmer.« Er starrte auf das Karamellbonbon in seiner Hand, als wüsste er nicht, wie es dahin gekommen war, schob es in die Tasche und richtete den Blick auf die Straße und all die Prinzessinnen, Vampire, Geister und Harry Potters und die Grüppchen von

Eltern, die an den Auffahrten warteten. »Er hatte Epilepsie, Mel. Durch Medikamente weitgehend unter Kontrolle.«

»Er hatte einen Anfall? Im Wasser?«

»Davon gehen wir aus. Anders können wir es uns nicht erklären.«

Ich sagte nichts, aber ich dachte: Also deshalb wollte deine Mom, dass du mitfährst. Du solltest auf ihn achtgeben.

Was bedeutete, dass es in gewisser Weise doch Jeremys Schuld gewesen war. Ich spürte einen stechenden Schmerz in der Brust, als bekäme mein Herz einen tiefen Riss. Armer Jeremy. Wie konnte man mit so etwas leben? Es war unvorstellbar für mich.

Kein Wunder, dass er es vermieden hatte, darüber zu reden.

Ich dachte darüber nach, was ich ihm antworten könnte, als Suzy zu uns zurückkehrte. »Seht euch das an«, sagte sie. »Diese Bonbons heißen *Giftmüll.* Soll das ein Witz sein?«

»Wie bitte?« Ich nahm ihr die Packung ab und schaute mir die Liste der Inhaltsstoffe an. »Der Name passt eigentlich ganz gut. Zucker, klar, aber hört euch das an: Glyzerin, künstliche Aromastoffe, Konfektglasur (Schellack, Kokosöl, Ethanol), künstliche Farbstoffe, bla, bla, bla.« Ich verzog das Gesicht. »Das ist ekelhaft.«

Jeremy nahm mir die Packung aus der Hand. »Im Ernst? Da steht Schellack? Ist das nicht im Nagellack oder so?«

Suzy schüttelte den Kopf. »Genau genommen handelt es sich dabei um ein Harz, das von Lackschildläusen ausgeschieden wird.«

»Lackschildläuse«, wiederholte er. »Du willst mich veräppeln, stimmt's?«

»Nein. Sie leben in Indien. Auf Bäumen. Das Harz wird nur von den weiblichen Tieren ausgeschieden.«

»Wow!« Jeremy musterte sie anerkennend. »Warum gehst du nicht in eine Quizshow? Du würdest sicher die Million gewinnen.«

Suzy ignorierte seinen Vorschlag. Sie war in Fahrt, und dann ist sie nicht zu stoppen. »Das Harz ist in allen möglichen Sachen. Das habe ich auf Wikipedia gelesen.«

»Du willst das Zeug doch wohl nicht essen?«, fragte ich.

»Es ist essbar. Man nimmt es für Äpfel, damit die Schale schön glänzt.« Als Jeremy ihr die Bonbons zurückgeben wollte, winkte sie ab. »Ich will sie nicht. Es ist blöd, Kindern Süßigkeiten zu geben, auf denen *Giftmüll* steht. Vielleicht mögen die Leute in dem Haus keine Kinder.«

Jeremy wickelte ein Bonbon aus und steckte es sich in den Mund. »Krachsauer.« Er fing an zu schielen und streckte Suzy die Zunge raus, bevor er mir in die Augen sah. »Ich sollte jetzt gehen, Mel. Ich muss nach Hause.«

»Es ist noch früh«, sagte ich überrascht. »Wir haben noch ein paar Häuser vor uns.«

»Hab noch was zu tun. Ich helfe meiner Mom sonst immer beim Süßigkeitenverteilen und so.«

»Okay.« Ich fragte mich, ob er sich unwohl fühlte, nachdem er mir erzählt hatte, was mit Lucas passiert war. Dann überlegte ich, ob Halloween seine Mom traurig machte, wenn sie an all die Jahre zurückdachte, in denen ihre Jungs zusammen losgezogen waren. Als *Blues Brothers* oder Salz- und Pfefferstreuer. Ich räusperte mich. »Dann sehen wir uns morgen in der Schule.«

Er nickte. »War nett, dich kennenzulernen, Suzy.«

»Mm.« Sie winkte ihm mit einer gefiederten Hand zu. Ohne zu warten, bis er gegangen war, redete sie wieder auf mich ein. »Rate mal, was ich heute gelesen habe, Mel!«

Ich hielt entschuldigend die Hände hoch und winkte Jeremy noch einmal zu. »Was denn?«

»Etwas über schwarze Löcher.«

Ich seufzte. Suzys Lieblingsthema war Astronomie. Ich hatte schon mehr über Supernovas und Gammastrahlen und Quasare gehört, als ich jemals wissen wollte.

»Nein, das hier ist echt cool. Du weißt ja, dass Sterne Wasserstoff zu Helium verbrennen, oder?«

»Ja, ja.« Nur weil sie es mir hundertmal erzählt hatte.

»Okay. Nun, ein richtig, richtig großer Stern – also einer, neben dem unsere Sonne ein Winzling ist – mit einem Kern aus Wasserstoff, der verbrennt und explodiert mit gewaltiger Sprengkraft. Aber weil der Stern so riesig ist, hat er auch eine Menge Schwerkraft, stimmt's? Die nach innen drückt.«

»Sie heben sich gegenseitig auf? Beide Kräfte?«

»Ja. Im Prinzip. Sie halten sich die Waage.«

»Cool.«

»Ich bin noch gar nicht beim coolen Punkt angekommen, Mel«, ermahnte sie mich streng. »Hör zu. Der ganze Wasserstoff verbrennt also nach und nach. Wird verbraucht.

Verstehst du? Und wenn nichts mehr davon da ist, bleibt nur noch eine Kraft übrig, die Schwerkraft, die nach innen drückt. Dadurch bricht der Kern des Sterns zusammen.«

»Merkwürdig. Nur der Kern?«

»Als *Erstes* der Kern.« Suzy hüpfte aufgeregt auf und ab. Der blasse Schein der Straßenlaterne ließ ihr Federkleid schimmern. Sie sah aus wie ein Nordlicht. »Aber der Kern ist so dicht ... er ist ein winziges schwarzes Loch, Mel. Ein nagelneues Babyloch.«

»Wie niedlich.« Ich wusste, dass ich sie mit diesem Kommentar auf die Palme bringen würde.

Und tatsächlich funkelte sie mich grimmig an. »Niedlich? Dieses Miniloch saugt den Stern ein. Verschlingt ihn.«

»Nette Vorstellung. Erinnere mich dran, niemals ein Baby zu kriegen.«

»Jetzt kommt das Tolle an der Geschichte. Toll, toll, toll.« Sie hüpfte noch aufgeregter auf und ab, bis sie innehielt, um sich zu vergewissern, dass ich ihr meine volle Aufmerksamkeit schenkte. »Zu diesem Zeitpunkt weiß der Stern noch gar nicht, dass sein Kern kollabiert ist. Von außen sieht alles noch ganz normal aus.«

Unwillkürlich erschauerte ich. »Das ist ja grauenvoll«, sagte ich heftiger als geplant.

Suzy wirkte erstaunt. »Ist es das?«

»Diese Vorstellung, dass der Stern angefangen hat zu sterben, ohne etwas davon zu merken.«

»Na ja, es ist nur ein Stern. Er ist nicht lebendig und hat kein Bewusstsein oder so.«

»Ja, ich weiß.« Ich zeigte auf ihre Süßwarensammlung. »Und wie sieht's aus? Noch mehr Süßes-oder-Saures, oder hast du genug?«

Sie schwenkte die Tasche und wog ihre Beute. »Vielleicht noch drei, vier Häuser.«

Ich grinste sie an. »Vorwärts Marsch.«

Suzy stimmte ihr Papageno-Gezwitscher an und stob unter wildem Flügelschlagen davon. Ich lachte, aber tief im Inneren war mir eiskalt. Ich musste die ganze Zeit an Jeremy denken, der auf dem Weg nach Hause war, um mit seiner Mutter Süßigkeiten zu verteilen, während Lucas' Abwesenheit wie eine Mauer zwischen ihnen stand.

Und ich kriegte das Bild von Suzys verdammtem Stern nicht aus dem Kopf.

KLARTRÄUME

Es muss einige Tage nach Halloween gewesen sein, als Jeremy wieder auf das Thema Klarträume zu sprechen kam. Ich kann mich genau daran erinnern, nicht weil unsere Unterhaltung besonders bedeutsam war, sondern weil wir noch nie so kurz davor gestanden hatten, uns zu streiten.

Wir waren in der Schule und saßen unter unserer großen Eiche. Jeremy lehnte sich an den Stamm. Er trug ausgewaschene Jeans und ein graues, langärmeliges T-Shirt, das ihn noch dünner und blasser wirken ließ als sonst. Ich sah ihn an und dachte darüber nach, ob ich mich von ihm angezogen fühlte oder nicht. Alle hielten uns für ein Pärchen und ich musste ständig an ihn denken. Ich wollte ihm nah sein, den Kopf auf seine Schulter legen, seine Haare streicheln. Er sah nicht wirklich gut aus – zu dünn, Hakennase –, aber er hatte irgendetwas an sich, das mich anzog.

»Ich höre auf zu rauchen«, teilte ich ihm mit.

»Echt?«

»Nach dieser Packung.« Ich hasste die Schuldgefühle, die mich bei jeder Zigarette überkamen. Ich stellte mir immer vor, wie bestürzt Vicky und Bill wären. Außerdem hatte ich eine derartige Panik, sie könnten etwas riechen, dass ich mich mit Parfum einsprühte und mir jeden Tag nach Schulschluss mindestens fünf Minuten lang die Zähne putzte.

»Ja, das hast du schon oft gesagt.« Jeremy musterte mich streng. »Gib sie mir.«

Ich reichte ihm die Packung und er öffnete sie. »Ich brauch sie auf. Du bist damit durch.«

»Du hasst Rauchen«, rief ich ihm ins Gedächtnis.

»Vielleicht will ich ja lernen, wie man Rauchkringel bläst.«

»Lass es. Wenn du anfängst, fühle ich mich schuldig.«

Jeremy verdrehte die Augen. »Gut. Dann gebe ich den Tabak meiner Mom.«

»Deine Mom raucht?«, fragte ich erstaunt. »Und sie dreht selbst?«

»Jap.«

»Gut. Sie kann die Packung haben.« Ich sah ihn an. »Und wann lerne ich deine Eltern kennen?«

»Meinen Dad wahrscheinlich nie. Er ist vor einem Jahr ausgezogen.«

»Das ist ja blöd.«

»Ja. Aber meine Mom kannst du jederzeit kennenlernen. Willst du?«

»Klar.«

»Sie ist oft unterwegs. Sie trainiert die Leichtathletikmannschaft der Mädchen.«

»Ich dachte, sie unterrichtet Mathe.«

»Tut sie auch. Aber sie läuft auch. Sie läuft jeden Tag fünf Meilen vor der Arbeit.«

»Und sie raucht?«, sagte ich ungläubig.

»Ups! Das mit dem Rauchen war gelogen.«

Ich starrte ihn an. Es schockierte mich, dass er so leichtfertig gelogen hatte. »Aber sie ist wirklich Lehrerin?«

»Sicher, Mel. Keine Panik.«

»Ich habe keine *Panik*. Aber ich mag es nicht, wenn man mich anlügt.«

»Tut mir leid. Wirklich. Ich wollte dir nur helfen, mit dem Rauchen aufzuhören.«

Es folgte eine peinliche Stille, und ich hatte das Gefühl, als steuerten wir auf einen handfesten Streit zu. »Ist schon okay. Vergiss es.«

Jeremy grinste mich an. »Vergessen. Hey, ich wollte dir noch was erzählen: Ich hatte letzte Nacht einen totalen Klartraum.«

Ich fragte mich, ob es ihm diesmal gelungen war, mit Lucas zu sprechen. »Wovon hast du denn geträumt?«

»Vom Schwimmen. Ich bin in einem Pool unter Wasser geschwommen und merkte plötzlich, dass ich träumte. Ich habe mich möglichst ruhig verhalten, um nicht aufzuwachen. Dann schwamm ich zum Rand, stieg aus dem Wasser und schaute mich um. Aber da war niemand außer mir.«

Nicht mal ein Rettungsschwimmer. »Und was hast du dann gemacht?«, fragte ich.

»Ich beschloss, im Umkleideraum nachzusehen. Ich habe mir eingeredet, dass Lucas dort sein würde. Er würde auf der Bank sitzen, sich die Schuhe anziehen. Wir würden zusammen losgehen.«

»Hat es funktioniert?«

»Mehr oder weniger. Er war dort, wie ich es ihm befohlen hatte.« Jeremy zögerte kurz. »Aber als er mich sah, ist er aufgestanden und weggegangen. Er ist einfach losmarschiert. Und ich bin ihm nachgerannt. Ich folgte ihm aus dem Umkleideraum in den Eingangsbereich, aber er verschwand einfach. Dann bin ich wach geworden.«

»Na ja, das ist doch schon ein kleiner Fortschritt, oder?« Ich verstand nicht, wieso er sich so auf diese Traumsache versteifte. Schließlich konnte er seinen Bruder nicht zurückholen, indem er von ihm träumte.

»Irgendwie schon. Ich meine, ich merke langsam besser, dass ich träume. Aber – er will nicht mit mir sprechen. Er ist wütend.«

Ich sah ihn verständnislos an. »Es ist nur ein Traum, Jeremy. Es bedeutet nur, dass du fürchtest, er könnte wütend sein. Er ist aber nicht wirklich wütend.«

»Das weißt du nicht.«

»Äh, doch, das weiß ich. Er ist tot. Tote Leute sind nicht wütend.« Ich berührte seinen Arm. »Es war nur ein Traum.«

Er zog den Arm weg. »Manche Leute nehmen Träume sehr ernst und glauben, dass sie viel mehr bedeuten, als wir denken.«

»Sicher. Ich meine, ich weiß, dass Leute Träume deuten und so weiter«, lenkte ich ein. »Aber ich kann mir nicht vorstellen, dass sie dir mehr über deinen Bruder verraten können als das, was bereits in deinem Kopf ist.«

»Das liegt daran, dass du nur das glaubst, was die meisten

glauben. Manche Kulturen schreiben Träumen große Macht zu. Sie glauben, dass wir im Traum von dieser Welt in eine andere gelangen können.«

»Ja, aber – na ja, das glaubst du doch nicht wirklich, oder? Und eigentlich hat doch die Wissenschaft das Geheimnis der Träume längst entschlüsselt. Man kann doch Gehirnströme messen, REM-Schlaf und so weiter? Lidbewegungen?«

»Die Wissenschaft ist noch weit davon entfernt, den Vorgang des Träumens zu erklären«, schnaubte er.

»Geht es nicht um Erinnerungen? Dinge aus dem Kurzzeit- ins Langzeitgedächtnis übertragen? Oder so ähnlich. Ich habe einen Artikel darüber gelesen. Klingt streberhaft, ich weiß. Aber meine Eltern haben stapelweise alte *Scientific-American*-Hefte im Bad liegen.«

»Es gibt jede Menge Theorien«, sagte Jeremy abwinkend. »Und sie widersprechen sich alle gegenseitig. Und keine davon erklärt, warum oder wie wir träumen.«

»Und du hast die Antworten, oder was?« Meine Worte klangen barscher als beabsichtigt und ich bemühte mich um einen freundlicheren Tonfall. »Hört sich so an, als hättest du eine Theorie.«

»Nein. Ich denke nur, dass wir über die Wissenschaft hinausschauen sollten. Dass die Antworten vielleicht anderswo zu finden sind, verstehst du? Im spirituellen oder mystischen Bereich. Manche Leute glauben, dass der Geist beim Träumen den Körper verlässt.«

»Jaja, und manche Leute glauben, die Erde ist eine Scheibe«, spottete ich.

»Weißt du was, Melody? Du bist engstirnig.«

»Bin ich nicht. Ich bin nur skeptisch.« Skepsis ist einer der Grundwerte meiner Familie. Ich fühlte mich unwohl bei der Vorstellung, wie meine Eltern auf Jeremys Überlegungen reagieren würden.

»Du bist eurozentrisch. Du kannst dich nicht vom wissenschaftlichen Paradigma der westlichen Welt lösen und du denkst nicht kritisch. In der Tat weist du alles zurück, was deine Denkweise infrage stellt.«

Das saß. »Das ist nicht fair«, protestierte ich. »Ich höre dir zu, oder etwa nicht?«

»Ja, stimmt. Tut mir leid. Ich möchte doch nur, dass du es verstehst. Es ist ... es ist mir nämlich sehr wichtig.« Seine Wangen glühten und er hatte feuchte Augen. »Mel?«

»Okay. Ich werde was darüber lesen. Schick mir ein paar Links oder was auch immer, okay?« Wenn er wirklich glaubte, dass Lucas immer noch irgendwo da draußen war – und dass er durch seine Träume mit ihm kommunizieren konnte –, war ich mir nicht sicher, ob ich mehr darüber wissen wollte.

*

Am Abend desselben Tages passte ich auf Suzy auf. Sie wohnt in *Driftwood,* einer unglaublich coolen Wohngegend am *Big Bayou.* Man fährt unter dem schmiedeeisernen Ortsteilschild hindurch und fühlt sich wie in einer anderen Welt: schmale, kurvige Straßen, riesige moosbehangene Eichen, üppig grüne Farne und Bambushecken und Unmengen von Getier. Manchmal überrede ich Suzy zu einem Strandspaziergang und wir haben alles gesehen: Eichhörnchen, Fischreiher, schwarze Peitschennattern und so weiter. Meist bleibt sie jedoch lieber im Haus, sitzt am Computer oder liest ein Buch.

Das Haus ist traumhaft, mit eingebauten Bücherregalen, riesigen Fensterfronten und einem offenen Kamin. Ein sicheres Refugium. Ich konnte gut verstehen, warum Suzy es nur selten verlassen wollte.

An jenem Abend war ich froh, hier zu sein: Ich brauchte einen Zufluchtsort. Mein Gespräch mit Jeremy war mir unter die Haut gegangen. Es lag nicht nur daran, dass er wütend auf mich war. Natürlich war ich nicht glücklich darüber – ich hasse Konflikte und gehe ihnen wenn möglich aus dem Weg –, doch was mich wirklich störte, war, dass ich das Gefühl hatte, unsere Weltanschauungen drifteten auseinander. Ich konnte einfach nicht verstehen, wie er an derart unlogische Dinge glauben konnte.

Sobald Suzy im Bett lag, setzte ich mich an ihren Laptop und gab den Begriff Klartraum ein. Was ich las, klang einigermaßen vernünftig. Gar nicht sonderlich mystisch oder esoterisch. Es ging nur darum, dass man sich bewusst war, zu träumen, das war alles. Nach einigen naturwissenschaftlich ausgerichteten Artikeln stolperte ich über einen Link zu Astralreisen, was sich mehr nach dem anhörte, was Jeremy erzählt hatte – Geschichten von Leuten, die behaupteten, ihren Körper verlassen zu haben und in irgendein anderes Reich gereist zu sein. Ich konnte nicht nachvollziehen, wie Jeremy ernsthaft glauben konnte, dass so etwas möglich war, und ich fragte mich, ob es seine Art war, mit dem, was Lucas passiert war, zurechtzukommen. Vielleicht musste er daran glauben. Vielleicht war das Ganze nicht seltsamer als jedes andere Glaubenssystem – Himmel, Hölle, Fegefeuer, Reinkarnation, was auch immer.

Plötzlich hörte ich Suzy etwas rufen. Erschrocken sprang ich auf und lief in ihr Zimmer. »Suzy?«

Sie schlief tief und fest, die Arme weit von sich gestreckt, das Gesicht rot und verschwitzt. Das Licht brannte und sie war bis zum Hals zugedeckt. Ich zog das Steppbett ein bisschen zurück und strich ihr das Haar aus der Stirn. An Suzys Zimmerdecke klebten ganze Galaxien von Leuchtsternen, die sie praktisch nie zu Gesicht bekam, weil sie Angst davor hatte, allein im Dunkeln zu sein. Sonderbar für ein Kind, das so besessen von Astronomie war. Ich hatte sie mal gefragt, wovor sie sich denn fürchte, doch sie hatte nur mit den Achseln gezuckt und gemeint, sie wisse es nicht. Als ich ihr Zimmer verlassen wollte, fiel mir etwas ins Auge: Etwas Grünes schimmerte auf dem Fußboden. Ich bückte mich danach und stellte fest, dass es eine Feder von ihrem Halloweenkostüm war.

»Mel?« Suzy schlug die Augen auf und sah mich an.

»Alles in Ordnung«, beruhigte ich sie. »Ich dachte nur, du hättest was gesagt, aber du hast wohl nur im Schlaf gesprochen.«

Sie setzte sich auf. »Ich habe was geträumt.«

Ich setzte mich zu ihr auf die Bettkante. »War es ein böser Traum?«

»Eigentlich nicht.« Sie runzelte die Stirn. »Irgendwas von der Schule. Aber da, wo die Turnhalle ist, war ein Strand. Das war merkwürdig.«

»Träume sind merkwürdig.«

»Mel?«

»Hm?«

»Worüber habt ihr an Halloween gesprochen, du und Jeremy? Über seinen Bruder?«

Verwundert sah ich sie an. »Das hast du mitbekommen?«

»Nur ein bisschen. Sein Bruder ist gestorben, nicht wahr?«

»Ja.«

Sie legte sich wieder hin und zog sich die Decke bis unters Kinn. »War er krank?«

»Nein. Er ist ertrunken.« Ich dachte an den Strand in ihrem Traum und fragte mich, ob sie es nicht doch schon gewusst hatte. »Tut mir leid, dass du das mitbekommen hast, Suzy. Ich wollte nicht, dass du das hörst.«

»Schon in Ordnung. Ich finde es gut, wenn ich über Sachen Bescheid weiß.«

»Ich weiß.«

»Ist Jeremy sehr traurig? Ist er okay?«

Ich war mir nicht sicher, wie okay er war. »Ihm geht's gut. Mach dir keine Sorgen.« Ich stand auf. »Schlaf jetzt weiter, Suzy.«

*

Nach Halloween herrschte angespannte Stimmung bei uns zu Hause. Vicky arbeitete bis in die Nacht und versuchte, die

Öffentlichkeit zu aktivieren, da am zwölften November die nächste Hinrichtung anstand. Der Verurteilte hieß Ramon Hernandez und war sechsunddreißig Jahre alt. Mit zweiundzwanzig war er in den Todestrakt gekommen. Ich wusste alles über ihn, weil Vickys Freundin Pam ihm eine Homepage eingerichtet hatte. Ich wusste, dass er so gut wie gar nicht lesen und schreiben konnte, dass er Hörbücher mochte, dass er gern zeichnete. Ich wusste auch, warum man ihn zum Tode verurteilt hatte.

Ramon hatte bei einer Schlägerei vor einer Bar zwei Menschen erstochen. Vor jenem Abend hatte er sie nicht einmal gekannt. Er hatte ein Messer aus der Tasche gezogen und zwei Männer waren gestorben. Vicky sagte, er sei so betrunken gewesen, dass er nicht einmal wusste, weswegen sie sich geprügelt hatten, doch er hatte den einen in den Hals und den anderen in die Brust gestochen, mehrfach. Es war ziemlich schockierend, den Bericht über die Tat zu lesen. Seine Freundin war dabei gewesen und hatte alles mit angesehen. Sie sagte bei Gericht als Zeugin aus. Sie war schwanger, aber zu dem Zeitpunkt hatte das keiner von ihnen gewusst.

Kurz vor Halloween hatte Ramon seine Tochter zum ersten Mal gesehen. Zum Schutz ihrer Privatsphäre hatte Pam ihren Namen auf der Website nicht genannt, doch ich wusste, dass sie mit ihrer Mutter und ihrem Stiefvater in Miami wohnte und genauso alt war wie ich. Wahrscheinlich wollte ihre Mutter ihr die Chance geben, ihren Vater vor seinem Tod kennenzulernen.

Ich konnte es mir nicht vorstellen. Der Gedanke an sie quälte mich sehr. Zu wissen, dass dieser Mann, der ihr leiblicher Vater war, bald getötet würde.

Vicky sagte, es gebe nichts, was wir tun könnten, um die Exekution zu verhindern – Ramons letztes Gnadengesuch war abgelehnt worden –, aber sie wollte die Hinrichtung nutzen, um die Leute von ihrer Befürwortung der Todesstrafe abzubringen. Sie wollte Ramon ein menschliches Gesicht geben, um den Medien etwas entgegenzusetzen, die ihn als eiskalten Killer darstellten, der bekam, was er verdiente.

»Warum denkst du so viel darüber nach?«, fragte Jeremy mich.

Wir waren oben in meinem Zimmer und ich hatte ihm gerade die Webseite gezeigt, die Pam für Ramon erstellt hatte. Seine Zeichnungen waren zu sehen, darunter eine, die er von seiner Tochter angefertigt hatte. Ich konnte mir nicht vorstellen, dass jemand sie anhand der Zeichnung wiedererkennen würde; er war kein besonders begabter Künstler. »Ich weiß nicht«, antwortete ich. »Ich glaube, weil es so wohlüberlegt geschieht. Und so offiziell, verstehst du? Das ist doch nichts anderes als Mord, oder nicht? Es fühlt sich einfach so unrecht an.«

»Vielleicht ist er so besser dran.«

»Tot?«

Jeremy machte ein nachdenkliches Gesicht. »Ich glaube, er kommt zurück. Er kriegt eine zweite Chance. Bringt dieses Scheißleben zu Ende und fängt noch einmal von vorn an.«

Ich musterte ihn aufmerksam. »Selbst wenn du recht hast und so etwas wie Reinkarnation tatsächlich existieren sollte, wäre das keine Rechtfertigung, ihn zu töten.«

Er wandte den Blick vom Bildschirm ab und ließ sich aufs Sofa fallen. »An seiner Stelle würde ich mich umbringen. Wieso noch rumsitzen und warten?« Er knibbelte an seinem Daumennagel. »Manchmal würde ich auch am liebsten von vorn anfangen.«

Er zog die Augenbrauen zusammen und biss sich auf die Lippe. Sein Daumen blutete, wo er geknibbelt hatte. »Jeremy? Ist alles ... in Ordnung?«

»Nein. Nicht wirklich.« Seine Miene verfinsterte sich. »Ich hab gestern Abend was geschrieben. Ein Gedicht. Willst du's lesen?«

»Klar.«

Jeremy zog ein Notizbuch aus dem Rucksack und blätterte darin herum. Dann reichte er es mir. »Da. Das sagt so ziemlich alles.«

Ich nahm den Block entgegen und fing an zu lesen. *Ich hasse neunundneunzig Prozent meines Daseins,* begann es. Kantige Großbuchstaben. *Ich will mich auslöschen.* Ich schaute zu ihm auf, doch er hatte sich nach vorn gebeugt, die Ellbogen auf die Knie gestützt, starrte er zu Boden. Ich blickte wieder auf das Gedicht.

Ich hasse neunundneunzig Prozent meines Daseins,
stehe ständig unter Beobachtung.
Das Ziel des Lebens ist Sterben.

Ich will mich auslöschen,
ausstreichen, ausradieren,
mich von allem befreien.

»Wow«, sagte ich. »Jeremy? Das ist ganz schön heftig.«

»Heftig?« Er sah mich an, ein schiefes, spöttisches Grinsen auf den Lippen. »Ja, kann sein.«

»Aber es ist echt gut«, fügte ich hastig hinzu. Ich war verlegen, als hätte ich etwas gesehen, das ich nicht sehen wollte.

Er zog die Schultern hoch. »Ich habe früher viel geschrieben. Aber das ist lange her. Das da ist das Erste seit Langem.«

»Cool«, sagte ich. »Du schreibst sehr gut.«

Als ob es darum gegangen wäre.

EREIGNISHORIZONT

Endlich fahren mich meine Eltern vom Krankenhaus zurück nach Hause. Ich sitze auf der Rückbank hinter meiner Mom. Dad fährt. Keiner von uns sagt etwas. Ich versuche zu verstehen und denke über die vergangenen zwei Monate nach. Wie ich Jeremy im September kennenlernte. Wie wir uns nach der Schule verabredeten und uns anfreundeten. Wie besessen er davon war, Klarträume heraufzubeschwören und seinen Bruder wiederzusehen. Ich denke an unseren Halloween-Spaziergang und das Gespräch mit Suzy. Es schien ihm gut zu gehen. Aber das Gedicht, das er geschrieben hatte ... und die Dinge, die er am Tag der Hinrichtung gesagt hatte ...

»Melody?«, spricht Bill mich leise an. »Bitte gib dir nicht die Schuld daran. Wenn jemand Selbstmord begeht – oder es versucht –, ist es normal, sich zu fragen, was man hätte tun können. Wie man es hätte verhindern können. Tu das bitte nicht. Du hättest es unmöglich vorhersehen können.«

Er hat natürlich unrecht, aber er kann auch unmöglich wissen, wie weit ich diesen Weg mit Jeremy gegangen bin. Und ich habe keine Ahnung, wo oder wann wir die Grenze überschritten haben. Ich habe keine Ahnung, wann aus unserem albernen Gedankenspiel der Plan wurde, zusammen zu sterben. Und dann kommt mir etwas anderes in den Sinn, das Suzy mir erzählt hat. Der Ereignishorizont.

Ich lehne den Kopf an die Fensterscheibe, schließe die Augen und stelle mir vor, wie Suzy mich mit dem Blick ihrer dunklen Augen fixiert, während sie auf und ab geht und beim Reden auf den Zehenspitzen wippt. »Der Ereignishorizont – das ist wie der Rand eines schwarzen Lochs, aber es ist keine sichtbare Grenzlinie. Doch sobald du sie überschritten hast, war's das. Du bist dazu verdammt, in das schwarze Loch gesaugt zu werden.«

»Der Punkt, an dem es kein Zurück gibt, was?«, sagte ich zerstreut.

»Genau«, hatte Suzy geantwortet.

Ich öffne die Augen und schaue aus dem Fenster, sehe die Straßenlichter vorbeiflitzen und frage mich, wann Jeremy den Ereignishorizont überschritten hat. Und ich frage mich, wieso ich es nicht mitbekommen habe und wie viel Schuld an der Tragödie ich trage.

Ich weiß, was mein Dad mir sagen möchte: Bei der Sache geht es nicht nur um mich. In den letzten zwei Jahren hat Jeremy seinen Bruder und seinen Vater verloren. Seine Mom ist noch da, doch sie ist nicht der Typ Frau, dem man sich anvertrauen mag.

Ich bin der einzige Mensch, mit dem Jeremy tatsächlich geredet hat. Ich bin der einzige Mensch, der das Ganze hätte kommen sehen können.

*

Meine erste Begegnung mit Jeremys Mutter war zufällig; ich glaube nicht, dass Jeremy es eilig hatte, uns einander vorzustellen. Es war nach Halloween und wir hatten bei ihm zu Hause haltgemacht, um neue Batterien und eine Speicherkarte für seine Kamera zu holen. Wir arbeiteten zusammen an einem Fotoprojekt für *WaitingToDie.com,* Vickys und Pams Todestrakt-Webseite, durchstreiften die Stadt und machten hier und da künstlerisch angehauchte Aufnahmen von schmiedeeisernen Zäunen und Schlössern und allen möglichen anderen Dingen, die ein Gefängnis symbolisieren sollten.

Jeremys Zuhause war ein riesiger, vornehm aussehender Bungalow mit parkähnlichem Garten. »Wow«, sagte ich. »Was für ein tolles Haus!«

»Ja.« Jeremy schloss die Haustür auf. »Wir müssen es aber verkaufen. Mom will nicht umziehen, aber sie kann es sich nicht leisten, Dad auszubezahlen.«

»Wann haben sie sich denn getrennt?« Ich trat ein und schaute mich um. Helle Teppiche, Ledersofas, gläserner Couchtisch und keine Spur von dem gemütlichen Kuddelmuddel meines eigenen Zuhauses. Es war seltsam unpersönlich, wie ein Ausstellungsraum oder eine geschmackvoll eingerichtete Hotelsuite. Es verriet nichts über die Menschen, die hier wohnten.

»Vor einem Jahr.« Er streifte die Schuhe ab.

»Habt ihr immer hier gewohnt?«

»Seit ich vier bin. Also solange ich denken kann.«

Ich schaute mich im Wohnzimmer nach persönlichen Dingen um, und mein Blick fiel auf die zwei gerahmten Fotografien auf dem Klavier: ein neueres Schulbild von Jeremy mit ernstem Gesicht und daneben ein Foto von einem Jungen, bei dem es sich um Lucas handeln musste. Er war blond, braun gebrannt und sommersprossig und grinste – das Gegenteil von Jeremy, wenn auch mit ähnlichen Gesichtszügen, wie das Negativ eines Fotos. Jeremys Foto würde sich verändern und jedes Jahr durch ein neues ersetzt werden, doch Lucas' Foto würde gleich bleiben, als sei die Zeit stehen geblieben, während die Lücke zwischen ihnen sich mehr und mehr vergrößerte.

»Ist das dein Bruder?«, fragte ich leise.

»Ja, das ist Lucas.«

»Jeremy?«, rief eine Stimme und ich hörte Schritte.

»Mom?«

Eine große Frau trat ins Wohnzimmer. »Ich bin früher nach Hause gefahren. Dachte, ich bekomme Migräne und hatte keine Tabletten im Büro.« Sie war fast so dünn wie Jeremy, aber muskulöser. Sie sah aus wie eine Läuferin, dachte ich. Eine Marathonläuferin. Sehnig, kein Gramm Fett auf den Rippen. Sie hatte eine locker fallende Frisur, die sicher jeden Morgen ausgiebig gestylt werden musste, und ihr makelloses Gesicht mit den schmalen, geschwungenen Augenbrauen und den dezent geschminkten Lippen erinnerte an ein Model. Wahrscheinlich war sie in Vickys Alter – um die vierzig –, aber die beiden waren so verschieden, wie zwei Frauen im gleichen Alter es nur sein konnten.

»Oh, wir wollten nur schnell was holen«, sagte Jeremy hastig. »Entschuldige, Mom. Das ist Melody.«

Ich streckte ihr die Hand entgegen. »Ich freue mich, Sie kennenzulernen, Mrs Weathers.«

Sie schüttelte meine Hand und musterte mich abschätzig. Ihre Fingernägel waren lang und sorgfältig manikürt. Ich spürte, wie ich errötete, während ich mich fragte, was sie wohl davon hielt, dass ihr Sohn ein Mädchen mit nach Haus gebracht hatte. Ihre Stimme klang angespannt und kühl. »Ich werde mich jetzt hinlegen. Es wäre nett, wenn ihr möglichst wenig Lärm machen würdet.«

»Wir fahren zu Melody«, sagte Jeremy.

Ich folgte Jeremy in sein Zimmer und sah ihm zu, wie er die Batterien und die Speicherkarte seiner Kamera wechselte. Während wir dort waren, musste ich die ganze Zeit an Lucas denken – es war, als wäre die Traurigkeit in Teppiche, Gardinen und Polster gezogen und hätte das Haus bis in die Grundmauern durchdrungen. Ich fragte mich, was sie mit Lucas' Zimmer gemacht hatten und was es für Jeremy bedeuten würde, dieses Haus zu verlassen. An seiner Stelle wäre ich froh gewesen, von hier wegzuziehen. Es war die Art von Haus, in dem man sich wie ein ungebetener Gast fühlte.

»Jeremy?«, sagte ich, sobald wir wieder draußen an der frischen Luft waren. »Kommst du dir da drinnen manchmal so vor, als wärst du zu Besuch?«

»Bei mir zu Hause?« Er sah mich an, als sei ich verrückt. »Nein, wieso sollte ich?«

»Ich meine nur, weil es so aufgeräumt ist. Und so still.«

»Meine Mom ist nun mal ein Ordnungsfreak. Aber du hast doch mein Zimmer gesehen.«

Jeremys Zimmer mochte zwar nach dem Standard seiner Mom chaotisch sein, aber es unterschied sich grundlegend von sämtlichen Teenagerzimmern, die ich je gesehen hatte. Auf dem Nachtschränkchen stapelten sich drei, vier Bücher – alles Sachtitel – auf dem Boden lag ein achtlos hingeworfenes Sweatshirt. Das war anscheinend das Äußerste an Rebellion, was in diesem Hause vorzufinden war. »Dein Zimmer ist nicht chaotisch«, sagte ich. »Nicht mal ansatzweise.«

»Ja. Kann sein. Mom ist wirklich ein Ordnungsfreak«, gab Jeremy zu. »Sie könnte es nicht ertragen, wenn es in meinem Zimmer so aussehen würde wie bei dir. Nicht dass es an deinem Zimmer was auszusetzen gibt. Aber bei ihr muss alles immer an dem Platz sein, wo es hingehört, verstehst du?«

»Mm.« Ich ließ die Hand beim Gehen über einen Zaun gleiten und spürte die Wölbungen der einzelnen Bretter.

Jeremy blieb stehen und fotografierte den Zaun. »Sie hatte Probleme«, erklärte er. »Depressionen oder so.« Er räusperte sich. »Ich will ihr keinen Stress machen. Das ist alles. So schwer ist es ja nicht, seine Sachen aufzuräumen.«

»Sie musste viele Schicksalsschläge verarbeiten«, sagte ich. »Erst ist Lucas gestorben und dann noch das, was mit deinem Dad passiert ist.«

»Da ist nichts *passiert.*« Jeremy sah mich an und seine Stimme klang hart. »Sie haben sich getrennt. Das ist alles.«

»Ja, ich weiß. Das habe ich gemeint.« Ich hatte das Gefühl, ihn irgendwie verletzt zu haben. »Habe ich etwas Falsches gesagt?«

»Nein. Aber sprich nicht darüber, wenn meine Mutter dabei ist, okay?«

»In Ordnung.« Ich würde ohnehin nicht oft in ihrer Nähe sein. »Siehst du ihn oft?«

»Nein. Nein, er ... ist in eine andere Stadt gezogen.«

Danach ließ ich das Thema fallen.

AUFWACHEN

Vicky kommt mich wecken. Noch bevor ich die Augen öffne, drängen sich die gestrigen Ereignisse in mein Bewusstsein: die Stunden im Krankenhaus, Jeremys Sturz von der Brücke. Die Sonne scheint durch mein Fenster, und ich sehe die tiefen Krähenfüße, die sich um die Augen meiner Mutter eingegraben haben.

»Jeremys Mom ist am Telefon, Mel. Ich dachte, du solltest drangehen.« Sie hält mir das Telefon hin und bemerkt mein Zögern. »Es ist okay. Es gibt gute Nachrichten.«

Ich räuspere mich und nehme das Telefon entgegen. »Mrs Weathers?«

»Hallo Melody. Ich wollte dir nur sagen, dass Jeremy bei Bewusstsein ist und dass es ihm gut geht. Sie sagen, dass er wieder in Ordnung kommt.« Sie klingt wie bei unserem ersten Treffen – kontrolliert, kühl, einschüchternd. Ganz anders als die verzweifelte Frau, die ich gestern Abend im Krankenhaus getroffen habe.

»Ist er wach?« Ich frage mich, was er ihr erzählt hat.

»Ja.« Sie muss ein bisschen husten. »Er will dich sehen.«

»Oh. Will er das?«

»Ja.«

Es folgt eine peinliche Stille. Ich möchte Jeremy auch wiedersehen. Zumindest ein Teil von mir will es.

Der Rest von mir – der größere Teil – ist starr vor Schreck.

»Okay«, sage ich. »Ich komme, so schnell ich kann.«

Nachdem ich das Gespräch beendet habe, sehe ich Vicky an. »Er ist wach. Er will mich sehen. Kannst du mich hinfahren?«

»Natürlich.«

*

Jeremy liegt in einem schmalen Krankenhausbett und hat die hellblaue Bettdecke bis unters Kinn gezogen. Er trägt ein Krankenhausnachthemd und durch einen Zugang im Handrücken tropft ein Medikament in seine Adern. Er ist noch blasser als sonst und seine Augen sind geschlossen, die Wimpern heben sich wie stachelige, schwarze Linien von den bleichen Wangen ab.

Ich sitze auf dem beigefarbenen Plastikstuhl neben seinem Bett, knibbele mir Suzys letzten Nagellack (dunkelblau mit Glitzer) von den Nägeln und lausche den Stimmen auf dem Flur.

»Weißt du noch, wie ich dir erzählt habe, dass wir uns immer gestritten haben? Lucas und ich?«

Erschrocken sehe ich ihn an. Ich habe nicht gemerkt, dass er wach ist.

»Ich habe es gemocht, ein großer Bruder zu sein«, sagt Jeremy. »Vielleicht mehr, als ich Lucas mochte, verstehst du?

Es war ein Teil meiner Identität. Und dann, als er gestorben ist, war ich kein großer Bruder mehr.«

Ich weiß nicht, was ich sagen soll, und starre ihn schweigend an. Seine Augen sind noch geschlossen und sein Gesicht wirkt auf dem hellblauen Kopfkissen aschfahl. Seine Stimme klingt schleppend und ich nehme an, dass er noch Morphium bekommt. Nach einer langen Weile räuspere ich mich. »Was du über Reinkarnation gesagt hast ... glaubst du wirklich daran? Dass ihr zwei euch wiederseht, wenn du stirbst?«

»Ich habe daran geglaubt«, sagt er. Eine Träne dringt aus seinem Augenwinkel und rinnt in seinen dunklen Haaransatz. »Ich denke, ich habe es wirklich geglaubt.«

Vergangenheitsform. Ich frage mich, ob er es absichtlich so gesagt hat.

Als er die Augen aufschlägt, sieht er mich zum ersten Mal direkt an. »Mel.«

»Ja?«

»Als ich gesprungen bin. Genau in dem Augenblick, als ich gesprungen bin, als ich anfing in die Tiefe zu stürzen. Da wurde mir klar, dass ich gerade den größten, beschissensten Fehler meines Lebens gemacht hatte.«

»Wirklich?« Ich erinnere mich an sein bleiches Gesicht, das zu mir aufschaute.

»Ich wollte nicht sterben«, sagt er. »Ich *wollte* es nicht.« Sein Gesicht zuckt und seine Stimme klingt ungläubig, als ergäben seine Worte keinen Sinn. »Ich habe versucht, gerade zu fallen, verstehst du? Beine zusammen, mit den Füßen zuerst, Arme dicht an den Körper gepresst. Ich wollte nicht sterben.«

Ich schlucke und weiche seinem Blick aus. »Es muss sehr wehgetan haben.«

»Mm. Ja. Es war, als würde man auf Zement aufschlagen.« Er lacht. »Nicht lustig. Tut mir leid. Ich bin ziemlich zugedröhnt.« Er hebt die Hand ein wenig und deutet auf den mit klarer Flüssigkeit gefüllten Beutel, der am Tropfständer hängt.

»Ich dachte, du würdest mich hassen«, flüstere ich. »Weil ich nicht gesprungen bin.«

»Nein. Niemals.« Er schüttelt den Kopf, zuckt zusammen und presst sich die Hand in die Seite. »Ich würde mich selbst hassen, wenn du's getan hättest. Oh Gott, wenn du gestorben wärst und ich nicht ... ich habe so schon mehr als genug Schuldgefühle.«

»Jeremy ...«

»Ich habe noch nicht mal das Bewusstsein verloren, als ich auf dem Wasser aufschlug.« Er sieht mich an. »Ich weiß noch, dass ich dachte, ich müsse versuchen zu schwimmen, aber alles tat so schrecklich weh. Irgendwann muss ich ohnmächtig geworden sein; ich erinnere mich nur vage, wie ich aus dem Wasser gezogen wurde, und als Nächstes bin ich in diesem Zimmer aufgewacht.«

»Ich bin so froh, dass du noch hier bist. Ich war ganz sicher, dass du ...«

»Ich bin auch froh, glaube ich.« Er leckt sich über die Lippen. »Gibt es hier irgendwo Wasser?«

»Ich kann dir welches holen«, sage ich und bin froh, etwas zu tun zu haben. »Ich bin gleich zurück.«

Als ich kurze Zeit später mit einem Plastikbecher Wasser in sein Zimmer zurückkehre, ist Jeremy eingeschlafen. Ich stelle den Becher auf seinen Nachtschrank und beobachte über eine Stunde lang, wie sich seine Brust langsam hebt und senkt, bevor ich sein Zimmer verlasse und mich auf den Weg nach unten mache, wo Vicky in der Krankenhauscafeteria auf mich wartet.

*

Anscheinend brodelt die Gerüchteküche selbst am Wochenende, denn am nächsten Tag bekomme ich seit Ewigkeiten mal wieder Nachrichten von Adriana und Devika. OMG hab das von J gehört! Ruf mich an!

Wohl kaum.

»Vielleicht solltest du sie anrufen«, rät Vicky sanft. Wir sitzen bei einer Tasse Tee auf dem Sofa, lesen die Sonntagszeitung und lösen die Kreuzworträtsel. »Macht es morgen vielleicht leichter, wenn du die Fragerei schon hinter dir hast.«

»Morgen?« Ich lege die Zeitung weg.

»In der Schule.«

Daran hatte ich noch gar nicht gedacht. »Ich habe schon seit Ewigkeiten nicht mehr mit den beiden geredet.«

»Ich weiß. Das heißt aber nicht, dass sie sich keine ernsthaften Sorgen um dich machen.«

»Sie wollen die blutigen Details, damit sie allen davon erzählen können. Damit können sie sich interessant machen.«

»Ihr drei wart doch früher so gut befreundet. Vielleicht solltest du ihnen eine zweite Chance geben, Mel.«

Ich mache mir nicht die Mühe, zu antworten. Eine zweite Chance, um was zu tun? Mich zu beschimpfen, Gerüchte zu verbreiten, dafür zu sorgen, dass ich mich wie der letzte Dreck fühle? Darauf kann ich verzichten.

*

Am Montagmorgen spüre ich die Blicke und höre das Geflüster, sobald ich die Schule betrete. Ich weiß nicht, wie es passiert ist, aber es ist offensichtlich, dass die Geschichte, oder irgendeine verdrehte Version davon, schon die Runde gemacht hat. Nach der Klassenlehrerstunde folgen Adriana und Devika mir bis zu meinem Schließfach.

»Hallo, Mel«, sagt Adriana.

Ich sehe sie und Devika an und habe keiner von beiden etwas zu sagen.

Adriana zögert und beißt sich auf die Unterlippe. Sie ist ihre Zahnspange los, fällt mir auf. Ich weiß noch, wie sie sie in der siebten Klasse bekommen hat und sich die Augen ausheulte. »Ich habe gehört, dass dein Freund versucht hat, sich umzubringen«, flüstert sie.

»Jeremy ist nicht mein Freund«, korrigiere ich sie.

»Nun, dann eben dein Bekannter.« Sie wirft Devika einen Hilfe suchenden Blick zu.

»Wird er sich denn wieder ... erholen?«, fragt Devika.

»Wie kommt es, dass ihr davon gehört habt?« Ich frage mich, ob sie wissen, dass ich dabei war.

»Meine Mom kennt eine Frau, die mit seiner Mom in einer Laufgruppe ist«, sagt Adriana.

»Ach so.« Jeremys Mom wird sich freuen, dass ihre Lauffreundinnen die Gerüchteküche anheizen. »Nun, ja, er kommt wieder in Ordnung.«

»Was hat er denn gemacht?«, fragt Devika. »Hat er eine Überdosis Schlaftabletten genommen, oder was?«

Adrianas sommersprossige Wangen leuchten pink. Vielleicht weil sie an diese schreckliche Party und das Paracetamol denkt und an den Rettungswagen, den sie gerufen hat. »Geht dich nichts an«, sage ich nur.

»Tut mir leid. Ich hab mich nur gefragt.« Devika streicht ihr glattes, dunkles Haar hinter die Ohren. »Ich meine, du musst nicht darüber reden, wenn du nicht willst.«

»Ich weiß.« Ich klappe die Schließfachtür zu und sperre sie mit dem Zahlenschloss ab. »Ich muss los.«

Devika tritt zur Seite, doch Adriana zögert kurz. »Mel. Ähm. Ich wollte nur sicher sein, ob ... du weißt schon, ob mit dir alles in Ordnung ist.«

Ich werfe ihr einen grimmigen Blick zu. »Ich habe nicht vor, mich umzubringen, wenn das die Art von Tratsch ist, die du dir erhofft hast. Nein, warte mal, es spielt gar keine Rolle, was ich vorhabe, oder? Du kannst das Gerücht trotzdem verbreiten und die ganze Todesengel-Geschichte wieder ins Rollen bringen.«

»Ich habe nicht ... Das war nicht ...«

»Ach, vergiss es«, sage ich und dränge mich an ihr vorbei.

*

Zehn Minuten nach Beginn der Mathestunde werde ich ins Sekretariat gerufen. Mein Mund ist trocken und mein Herz schlägt wie wild, als ich den Flur entlangeile. Ich weiß nicht genau, wovor ich eigentlich Angst habe, aber ich spüre, wie eine schreckliche, namenlose Panik in mir aufsteigt.

»Hallo Melody«, sagt die Sekretärin. »Mrs Paulsen möchte, dass Sie in die Beratungsstunde kommen.«

Ich habe Mrs Paulsen noch nie gesehen. War noch nie in der Beratungsstunde, die, wie sich herausstellt, in einem kleinen Büroraum neben dem Krankenzimmer stattfindet. Davor hängt eine Reihe von Postern an der Wand. Ich kann den Blick nicht von den grauenvollen Vorher-nachher-Bildern der *Crystal-Meth*-Süchtigen abwenden.

»Melody? Komm doch bitte herein und setz dich.« Mrs Paulsen ist eine ältere Frau mit kurzer, grauer Lockenfrisur und weißer Strickjacke; ihr Kunstgeschmack scheint sich auf ermutigende Kätzchen-Poster zu konzentrieren. *Kopf hoch! Es geht wieder bergauf!*

Ich setze mich auf einen hellblauen Stuhl und bin gespannt, was mich hier erwartet.

»Du fragst dich sicher, wieso du hierhergeschickt wurdest«, sagt sie.

»Ich nehme an, es ist wegen Jeremy.«

»Ja. Einige Schüler meinten, er war ein guter Freund von dir.«

»Ist.«

»Wie bitte?« Sie sieht verwirrt aus.

»Er ist ein guter Freund von mir. Präsens. Er ist nicht tot.«

Mrs Paulsen nickt. »Er hat großes Glück gehabt, wie ich höre.«

»Was haben Sie gehört?« Ich komme mir schäbig vor, doch gleichzeitig macht es mir Spaß, ihr das Leben schwer zu machen.

»Ich habe mit seiner Mutter gesprochen«, erwidert sie. »Sie sagte, dass du bei ihm warst, als er von der Brücke gesprungen ist.«

Mein Herzschlag gerät aus dem Takt. Ich rufe mir ins Gedächtnis, dass sie nicht dort war. Sie weiß nicht, was passiert ist. »Ja.«

»Sie meinte, du hättest versucht, ihn davon abzuhalten.«

Plötzlich verschwimmt mir alles vor den Augen. »Nicht überzeugend genug«, entgegne ich. Das sind vielleicht die ersten wahren Worte, die ich über die Sache gesagt habe.

»Mrs Weathers hat sich Sorgen um dich gemacht. Es kommt sehr oft vor, dass Freunde sich die Schuld geben, wenn so etwas passiert.«

»Ja, kann sein.«

»Möchtest du mir davon erzählen?« Sie schlägt die Beine übereinander und beugt sich zu mir.

»Eigentlich nicht.«

»Manchmal hilft es, darüber zu reden.«

Ich sage nichts. Stelle mir vor, wie meine Haut sich zu einem Panzer verhärtet, undurchlässig, undurchdringlich.

»Ich möchte dich nicht bedrängen«, versichert sie mir. Ihre Brille ist so klar, dass es aussieht, als wären keine Gläser in der Fassung. »Ich wollte dich nur wissen lassen, dass du jederzeit zu mir kommen kannst, wenn du reden möchtest und Unterstützung brauchst. Das gilt natürlich auch für Jeremy, wenn er wieder zur Schule geht.«

»Okay. In Ordnung.«

Sie lehnt sich zurück und seufzt. »Ich habe ein Buch, das ich dir leihen könnte.« Sie dreht sich um und zieht ein Buch aus dem Regal.

Ich nehme es entgegen. *Weiterleben nach dem Suizid eines geliebten Menschen.* Auf dem Cover eine Rose, die ein Blütenblatt verliert. »Jeremy ist nicht tot«, sage ich zum zweiten Mal.

»Ich weiß«, räumt sie ein. »Trotzdem solltest du das Kapitel über die Schuldgefühle der Überlebenden lesen. Ich will nicht, dass du dir die Schuld gibst an dem, was er getan hat.«

Keiner will das: Mrs Weathers, Vicky und Bill, die Sozialarbeiterin des Krankenhauses und jetzt Mrs Paulsen. Ich bin mir ziemlich sicher, dass sie ganz anders denken würden, wenn sie wüssten, was wirklich passiert ist.

*

Es war kein einzelnes Ereignis, das uns zur *Skyway*-Brücke geführt hat. Wenn ich zurückblicke, wenn ich alles durchgehe, was passiert ist, türmen sich die Erinnerungen auf zu einer verrückten, nicht aufzuhaltenden Lawine. Eine Entscheidung hatte die nächste zur Folge und führte uns näher und näher zu dem Moment, in dem wir zusammen am äußersten Brückenrand standen. Zu dem Augenblick, als Jeremy sprang und ich nicht.

Wäre ich nicht gewesen, wäre Jeremy nie auf diese Brücke gestiegen. Nicht nur war ich die Erste, die vorschlug, von der Brücke zu springen (obwohl das allein schon schlimm genug gewesen wäre), und diejenige, die ihre eigenen Songs auf seine Suizid-Playliste setzte. Viel schlimmer finde ich, dass ich schon an Halloween wusste, dass irgendetwas ganz und gar nicht stimmte. Wenn ich zurückschaue, sehe ich unzählige rote Signalflaggen durch unsere Gespräche flattern, doch ich habe sämtliche Warnzeichen missachtet.

Nein, es war sogar noch schlimmer. Ich fühlte mich davon angezogen. Ich fand es romantisch, dieses tiefe Dunkel. Es war das, was uns zusammenschmiedete, und deshalb tat ich alles, was ich konnte, um es voranzutreiben. Ich begleitete Jeremy, ohne zu erkennen, wie gefährlich es war.

ERTRINKEN

Eine Woche vor Ramons Hinrichtung schwänzten Jeremy und ich die Schule. Er hatte den Wagen seiner Mutter genommen, was ihr sicher nicht recht gewesen sein dürfte.

»Besser um Verzeihung zu bitten als um Erlaubnis«, sagte er. »Aber mir bleibt hoffentlich beides erspart, denn wir sind bestimmt wieder da, bevor sie von der Arbeit zurückkommt.«

Ich musterte ihn erstaunt. »Ich dachte, du willst ihr keinen Stress machen.«

»Was sie nicht weiß, macht sie nicht heiß«, erwiderte er knapp.

Er klang ärgerlich – fast verbittert –, aber ich ging nicht darauf ein. Der Himmel war blau und ich freute mich aufs Schuleschwänzen und eine verbotene Spritztour mit Jeremy und wollte nicht die Stimmung verderben, indem ich bedrückende Themen ansprach. »Hast du Musik dabei?«, fragte ich ihn. »Oder sollen wir Radio hören?«

Er reichte mir sein iPhone und ich suchte eine Playlist für unseren Roadtrip. »Also, wo soll's hingehen?«

»Willst du das Gefängnis sehen?«, fragte ich. »Da wird

jetzt jeden Tag demonstriert. Mom war am Wochenende dort und sie meinte, es wären Leute mit Plakaten und so da. Wegen Ramon, erinnerst du dich?«

»Ja, hast du mir erzählt.« Er wirkte wenig begeistert. »Nach Jacksonville sind es drei Stunden. Wenn wir ankommen, müssen wir sofort wieder kehrtmachen, um pünktlich zurück zu sein.«

»Stimmt«, sagte ich. Ich wusste sowieso nicht, wieso ich dorthin wollte. Es war derselbe Impuls, der einen dazu bringt, an der Nagelhaut zu knibbeln, bis es blutet – ich hasste es, an den Todestrakt zu denken, aber er ließ mir keine Ruhe.

»Lass uns zum Strand fahren«, schlug Jeremy vor. »Ich zeige dir die Stelle, wo Lucas ertrunken ist.«

»Ist das dein Ernst?«, fragte ich ungläubig. »Ich meine, willst du wirklich dahin?«

Er gab keine Antwort, startete den Motor und setzte den Wagen zurück. Nach ein paar Minuten machte die Stille zwischen uns mich wahnsinnig. »Träumst du noch von ihm?«

Jeremy nickte. »Meist Albträume.«

Ich studierte sein Profil, sein Mund eine harte, gerade Linie, die Hände fest ums Lenkrad geschlossen. Ich hatte fast Angst, mit ihm zu reden, wenn er so war – so angespannt, dass man fürchten musste, ihn mit einem falschen Wort zum Explodieren zu bringen. »Vielleicht solltest du dich nicht so sehr darauf versteifen?«, sagte ich leise. »Von ihm zu träumen, meine ich. Vielleicht ist es zu – «

»Verrückt?«

»Nein! Das habe ich nicht gemeint. Aber wenn du davon Albträume bekommst ...«

»Ich muss mit ihm reden«, beharrte Jeremy.

Ich riss eine Tüte Kartoffelchips auf, nahm einen heraus und zerkaute ihn geräuschvoll. »Willst du auch welche?«

»Nein danke.«

Wir fuhren ein paar Minuten lang schweigend weiter und bogen in den *Pinellas Bayway* ab. Die Sonne schien links und rechts von uns auf das blaue Wasser und Pelikane durchbrachen im Sturzflug die stille Oberfläche, wunderschön, ungelenk und ein wenig prähistorisch.

Schließlich bog Jeremy in den *Gulf Boulevard* ein und parkte auf dem Seitenstreifen. »So, hier sind wir«, erklärte er. Durchs Seitenfenster starrte ich auf den weißen Strand und das blaugraue Wasser und konnte nur daran denken, dass Lucas in diesem Wasser geschwommen und nie wieder zurückgekommen war.

*

Wir gingen eine Weile am Strand entlang und betrachteten die sanfte Dünung. Es war ziemlich ruhig: Die Sommertouristen waren fort, und die Zugvögel aus dem Norden trafen nach und nach ein, um hier zu überwintern. Kleinkinder buddelten im Sand. Ihre Eltern lagen auf Strandliegen, lasen Zeitung oder schwatzten. Ein Golden Retriever holte einen Tennisball aus dem Wasser und schüttelte sich. Ein paar Jungs liefen mit bloßem Oberkörper herum und spielten

Frisbee. Offensichtlich keine Einheimischen: Leute von hier gehen im November nie ohne T-Shirt an den Strand.

Irgendwann griff ich nach Jeremys Hand und er zog sie nicht zurück.

Vor einem kleinen Hotel mit blau-weißer Markise blieb Jeremy stehen. »Hier ist die Stelle«, sagte er unvermittelt. »Hier hatten wir unsere Handtücher ausgebreitet. Da drüben war das Beach-Volleyball-Netz gespannt. Lucas und seine Freunde waren im Wasser. Es war Juli. Affenheiß. Ich bin allein losgegangen, am Strand entlang.« Er deutete nach vorn und starrte mit zusammengekniffenen Augen in die Sonne. »Und als ich zurückkam, spielten Daimon und Carter Volleyball. Ich dachte, Lucas sei in der Nähe, verstehst du? Ich habe nicht mal nach ihm gesucht. Hab mich einfach auf mein Handtuch gesetzt und eine Weile gelesen. Und dann gab es diesen Tumult. Der Rettungsschwimmer zog ihn auf den Strand und all diese Leute kamen angelaufen – sie haben versucht, ihn wiederzubeleben.«

»Oh, Jeremy.« Ich fühlte mich dumm und nutzlos und gleichzeitig auf morbide Weise fasziniert.

»Sein Gesicht war ganz weiß«, sagte er. »Fast grau. Seine Lippen waren blau. Sie drückten so fest auf seine Brust, aber es hat nichts gebracht. Wasser lief ihm aus dem Mund.«

Die Tränen stiegen mir in die Augen. Am liebsten hätte ich ihn gebeten, aufzuhören, aber vielleicht tat es ihm ja gut, es zu erzählen. Vicky hätte bestimmt so argumentiert, redete ich mir ein. Hör ihm einfach zu, hätte sie gesagt.

»Es fühlte sich wirklich irreal an«, fuhr Jeremy fort. »Ich

dachte die ganze Zeit, dass er wieder zu sich kommt. Dass er sich aufsetzen und einen Witz machen würde, weißt du? Dass alles wieder gut würde.«

»Ja, es muss schwer gewesen sein, zu verstehen, dass so etwas Schreckliches tatsächlich passieren kann.«

Jeremy sah mir kurz in die Augen und wandte hastig den Blick ab. »Der Krankenwagen kam und ich bin mit ihm ins Krankenhaus gefahren. Vom Strand aus hatte ich schon meine Eltern angerufen. Als sie noch versucht haben, ihn zu reanimieren.«

Ich wünschte, er hätte mit Vicky geredet statt mit mir. Mit jemandem, der die richtigen Worte fand. »Was hast du gesagt?«, flüsterte ich.

»Mein Vater ging ans Telefon. Das weiß ich noch. Und dann sagte ich, es habe einen Unfall gegeben und dass Lucas verletzt sei. Sie kamen ins Krankenhaus. Sie wussten nicht, dass er schon tot war. Sie haben es erst erfahren, als sie dort eintrafen.«

»Mein Gott, Jeremy. Ich kann mir gar nicht vorstellen, wie schrecklich das gewesen sein muss.«

Er setzte sich in den Sand und schlang die Arme um die Knie. »Das ist das erste Mal, dass ich wieder hergekommen bin.«

Ich kniete mich neben ihn und legte unbeholfen den Arm um seine knochigen Schultern. »Geht's dir gut?«

»Nein.« Er stützte den Kopf auf seine Arme, doch ich hörte, dass er mit den Tränen kämpfte. »Nicht wirklich.«

»Kann ich mir vorstellen«, erwiderte ich. »Wie sollte es

dir auch gut gehen, meine ich. Es tut mir so leid, Jeremy.« Ich wollte ihm sagen, dass er keine Schuld an dem Unglück hatte, aber ich fürchtete, ihn wütend zu machen. Und außerdem wusste ich gar nicht, ob es nicht doch sein Fehler gewesen war. Und irgendwie spielte es auch keine Rolle. Ich sah, wie die Wellen über den Sand spülten, und dachte, dass ich das Meer nie wieder so sehen könnte wie früher.

Schließlich hob Jeremy den Kopf. »Entschuldige, Mel. Macht nicht viel Spaß, mit mir zusammen zu sein, was?«

»Nein! Mein Gott, Jeremy. Ich meine, es ist okay. Ich bin froh, dass du es mir erzählt hast.«

»Er hatte schon seit drei Jahren keinen Anfall mehr gehabt. Ich will nicht, dass du denkst, ich hätte einfach ...«

»Nein, nein. Das denke ich nicht. Außerdem war er nicht allein, stimmt's? Ich meine, er war doch mit seinen Freunden zusammen, als du weggegangen bist.«

»Ich hab keine Ahnung, ob sie von seiner Epilepsie wussten. Wahrscheinlich hat er ihnen nichts davon gesagt. Er wollte nicht mal ein Notfallarmband tragen. Das passte nicht zu seinem Image.«

Ich zögerte. »Deine Eltern ... sie waren noch zusammen, als es passierte?«

»Ja.« Er wich meinem Blick aus. »Mein Dad hat uns ein Jahr später verlassen.«

»Siehst du ihn noch?«

»Nein.«

Ich hielt ein paar Sekunden lang die Luft an. »Wieso nicht, Jeremy?«

»Dreimal darfst du raten«, sagte er.

Er hat dir die Schuld gegeben. Ich brachte es nicht über die Lippen. »Nein. Ich dachte ... ich meine, er hat doch schon einen seiner Söhne verloren. Da müsste er sich doch eigentlich noch mehr um dich kümmern. Schließlich hat er nur noch dich.«

Jeremy schnaubte verächtlich. »Wer's glaubt.«

Ich saß neben ihm, starrte aufs Wasser hinaus und wartete, ob er noch mehr sagen würde. Eine Frau joggte über den Strand und blieb ab und zu stehen, um den Tennisball für den Golden Retriever zu werfen. Ein älteres Ehepaar ging am Wasser entlang. Der Mann hatte einen krummen Rücken. Er kam nur langsam voran und stützte sich auf seine Frau. Sie sah kräftiger aus, mit kurzen, vom Wind zerzausten Haaren.

Irgendwann konnte ich die Stille nicht länger ertragen. »Was ist passiert? Zwischen dir und ihm, meine ich?«

»Er ist ein Arschloch«, antwortete Jeremy. »Das ist passiert.«

»Dir gegenüber? Oder gegenüber deiner Mom?«

»Gegenüber uns beiden.«

»Vielleicht wäre es jetzt anders«, lenkte ich ein. »Ich meine, vielleicht kam er einfach nicht mit Lucas' Tod zurecht. Aber wenn du ihn seit einem Jahr nicht gesehen hast ... Wenn du jetzt wieder Kontakt mit ihm aufnehmen würdest ...«

»Manchmal denke ich darüber nach.« Jeremy sah mich an. »Aber ich glaube, er hasst mich.«

»Er kann dich nicht hassen«, widersprach ich. »Du bist doch sein Sohn.«

»Lucas war sein Liebling, verstehst du? Er war jedermanns Liebling.« Er schluckte. »Ich glaube, für meine Eltern war es, als wäre der falsche Sohn gestorben.«

»Das glaube ich nicht«, sagte ich. »Das wäre ja schrecklich.«

»Du hast ihn nicht gekannt.«

»Aber ich kenne dich.« Meine Augen füllten sich mit Tränen. »Jeremy ...« Ich streckte die Hand nach ihm aus. Er ließ sich von mir in die Arme nehmen und vergrub das Gesicht an meiner Schulter.

»Ich bin so ein Jammerlappen«, murmelte er. »Tut mir leid, Mel.«

»Mein Gott, Jeremy. Hör auf, dich zu entschuldigen.«

»Toller Strandausflug, was?« Er hob den Kopf und sah mich an. »Du würdest sicher lieber in der Schule sitzen. Scheiße, du könntest in diesem Augenblick Infinitesimalaufgaben lösen.«

»Nein.« Ich erwiderte seinen Blick. »Ich bin froh, dass du es mir erzählt hast, Jeremy. Ich bin froh, dass wir hier sind.«

»Wirklich?«

Und genau in diesem Augenblick veränderte sich etwas zwischen uns. Etwas an der Art, wie er mich anschaute, den Kopf ein wenig auf die Seite gelegt. Es war nur eine winzige Nuance, aber ich konnte es fühlen. »Wirklich«, sagte ich. Unsere Gesichter waren nur wenige Zentimeter voneinander entfernt. Mein Herz raste.

Jeremy streckte die Hand aus und berührte sanft meine Wange. »Nicht weinen.«

»Tu ich gar nicht.«

Er zeigte mir seine nasse Fingerspitze. »Tust du wohl.«

»Aber mir geht's gut«, sagte ich. *Küss mich. Küss mich. Küss mich.*

»Prima!« Er stand auf und reichte mir die Hand. »Komm. Lass uns von hier verschwinden.«

Ich nahm seine Hand, und auf dem Rückweg zum Auto fragte ich mich, ob die plötzliche Leichtigkeit in meiner Brust Enttäuschung oder Erleichterung war.

VORBEI IST VORBEI

Offensichtlich habe ich durch Jeremys Suizidversuch eine magnetische Anziehungskraft auf Leute mit morbider Neugierde. Die Geschichte – oder zumindest die Tatsache, dass er von der *Sunshine-Skyway*-Brücke gesprungen ist – ist jetzt allgemein bekannt, und den ganzen Tag merke ich, wie mich Leute von der Seite anschauen und miteinander tuscheln.

Nach der Schule wartet Adriana bei den Schließfächern. Vor meinem Schließfach, besser gesagt. »Dürfte ich mal bitte?«, sage ich.

»Mel, bitte hör mir doch kurz zu.« Ihr rotblondes Haar ist zu einem Zopf zusammengebunden, doch ein paar Locken haben sich gelöst und krisseln sich am Haaransatz.

»Du stehst mir im Weg«, sage ich kalt.

Sie tritt zur Seite, bleibt jedoch stehen. Ich nehme ein paar Bücher aus dem Schließfach und stopfe sie in meinen Rucksack, bin zu unkonzentriert, um zu überlegen, was ich wirklich mit nach Hause nehmen muss.

»Mel, es tut mir leid, okay? Ich wollte nie, dass all diese Sachen passieren.«

»Was denn für Sachen?« Ich richte mich auf, damit ich

besser sehen kann, wie sie sich windet. *Ich brauche dich nicht,* denke ich. *Ich brauche dich nicht. Es ist mir egal, was du denkst.*

Ihre Wangen sind feuerrot geworden, doch sie lässt sich nicht unterkriegen. »Du bist nicht fair.«

»*Ich* soll nicht fair sein? Hallo?« Ich knalle die Schließfachtür zu. »Ist das dein Ernst? Du hast mir das Leben zur Hölle gemacht.«

»Das habe ich nicht gewollt«, sagt sie. »Ich meine, auf dieser Party ... du bist total ausgeflippt. Ich wusste doch nicht, wie viel Paracetamol du genommen hattest oder was du sonst noch machen würdest. Ich habe den Notarzt gerufen, weil ich Angst hatte, okay? Ich wollte nicht, dass du stirbst.« Sie bricht in Tränen aus. »Ich dachte, du würdest das jetzt verstehen. Wegen deines Freunds.«

Ich starre sie an und fühle mich wie eine Schneekugel, die jemand geschüttelt hat – wirre Fetzen wirbeln in einer weißen Wolke in meinem Kopf herum. Was sie getan hat – was ich ihr nie verziehen habe –, ist genau das, was ich versäumt habe. Ich habe nicht den Notruf gewählt. Ich habe meinen Freund nicht gerettet. Ich habe nicht riskiert, ihn wütend zu machen, seine Freundschaft zu verlieren. »Ich verbreite keine Gerüchte über Jeremy«, sage ich und versuche, mich an irgendetwas festzuhalten.

»Ich wollte nicht, dass so etwas passiert«, erklärt sie. »Ich meine, nachdem du mit dem Krankenwagen weggebracht worden warst, mussten Devika und ich etwas sagen. Und dann ist alles irgendwie außer Kontrolle geraten.«

»*Todesengel?* Gehörte das zu dem, was Devika und du unbedingt sagen musstet?«

»Ich weiß nicht mal, wer damit angefangen hat«, sagt sie. »Ich jedenfalls nicht. Und überhaupt hatte das eher damit zu tun, wie du dich angezogen hast. Ganz in Schwarz und so. Es war, als wärst du ein völlig anderer Mensch geworden.«

»Du und Devika, ihr seid ganz anders geworden. Sobald ich erzählt habe, dass ich in den College-Vorbereitungskurs gekommen bin, habt ihr zwei mich abserviert.«

»Haben wir nicht. Du hast uns abserviert.« Sie wischt sich mit dem Ärmel die verweinten Augen. »Egal. Vorbei ist vorbei. Aber es tut mir so leid, was auf der Brücke passiert ist.«

Ich wünschte, sie hätte sich die letzte Bemerkung verkniffen. Augenblicklich bin ich wieder da, beuge mich über die Betonmauer, schaue in die tintenschwarze Finsternis hinab.

»Vielleicht können wir unseren Streit einfach vergessen«, schlägt sie vor.

»Jaja. Meinetwegen.« Ich schwinge meinen Rucksack über die Schulter. »Ich muss los.«

»Okay. Einen Moment noch, Mel.«

»Was denn?«

»Es tut mir wirklich leid, okay? Wenn ich dir unrecht getan hab.«

Ich blinzle ein paarmal, um meine Tränen zurückzuhalten, lasse sie stehen und stürze mich ins Gedränge der zum Ausgang strömenden Schüler. Die Luft ist kühl und klar, der Himmel wie immer strahlend blau. Ich überquere die Straße und setze mich auf die Treppe, wo Jeremy und ich uns das erste Mal getroffen haben.

Die ganze Zeit war ich so wütend auf Adriana. Und jetzt weiß ich nicht mehr, was ich denken soll.

*

Als ich nach Hause komme, sitzt Vicky am Küchentisch vor ihrem Laptop.

»Jeremy hat angerufen«, sagt sie.

»Ach ja?« Ich erstarre. Mein Herz rast. »Was hat er denn gesagt? Hast du mit ihm geredet?«

»Nicht viel. Er fühlt sich etwas besser – nun ja, zumindest weniger benebelt von all den Medikamenten. Davor habe ich mit seiner Mutter telefoniert und sie meinte, er habe starke Schmerzen.«

»Du hast mit seiner Mutter geredet? Wieso?«

»Sie hat angerufen.«

Ich wüsste zu gern, worüber sie sich unterhalten haben, aber ich mag nicht fragen. Sie klappt ihren Laptop zu und sieht mich an. »Er will mit dir sprechen. Ich hab gesagt, du würdest anrufen, wenn du nach Hause kommst.«

»Okay.« Ich will mich zurückziehen, doch sie bedeutet mir zu bleiben.

»Wie war's in der Schule?«

»Gut.«

»Melody.«

»Was ist?«

»Setz dich hin und rede mit mir.«

Zögernd setze ich mich. »Worüber?«

»Verschließ dich nicht vor mir, okay? Ich mache mir Sorgen um dich.«

»Hör auf damit. Schließlich bin nicht ich von der Brücke gesprungen.«

Vicky zuckt zusammen. »Du klingst wütend.«

Ich bin wütend, aber ich weiß nicht, warum, und ich will nicht darüber reden. »Es gibt nichts zu sagen, Vicky. Ich meine, natürlich bin ich ganz schön fertig. Würde es dir nicht genauso gehen?«

»Natürlich. Ich habe ein schlechtes Gewissen, dass ich nicht gemerkt habe, dass dein Freund depressiv ist.«

Ich hatte nie gedacht, dass Jeremy unter Depressionen litt, doch wenn ich mir sein Gedicht ins Gedächtnis rufe, hätte es mir eigentlich klar sein müssen. Aber jeder erzählt doch ab und zu so etwas, und er hatte bis zu dem Abend doch immer gelacht und Witze gemacht. Praktisch bis zu dem Moment, als er gesprungen ist. »Ich habe auch ein schlechtes Gewissen«, gebe ich zu. »Aber dagegen kann ich nichts machen.«

Sie seufzt. »Nun, ich will dich nicht bedrängen. Aber wenn du reden willst …«

»Okay.« Mein Hals ist plötzlich ganz trocken. »Ähm, dann rufe ich jetzt wohl besser an.«

»In Ordnung.« Sie klappt den Laptop auf. »Oh, und ruf auch bei Nina an. Sie möchte wissen, ob du heute Abend auf Suzy aufpassen kannst.«

»Darf ich?«

»Klar, wenn du möchtest. Ich kann dich hinbringen. Aber

vielleicht solltest du vorher mit Jeremy sprechen. Ich glaube, er würde sich freuen, wenn du ihn besuchst.«

*

Oben in meinem Zimmer lasse ich mich aufs Sofa fallen und rufe Nina an. Irgendwie hoffe ich, dass sie mich sofort braucht, damit ich keine Zeit mehr habe, Jeremy zu besuchen, aber dann stellt sich heraus, dass sie meine Dienste erst um acht benötigt.

»Nur für ein oder zwei Stunden, Mel. Jim ist für ein paar Tage verreist und ich will mich mit einer Freundin treffen, deren Dreckskerl von Ehemann sie gerade verlassen hat. Zehn Jahre waren sie zusammen und dann sagt er einfach, er zieht aus. Sie hat nichts geahnt, ist völlig am Boden zerstört. Zum Glück haben sie wenigstens keine Kinder.«

»In Ordnung. Dann bin ich um acht bei euch.«

»Soll ich dich abholen?«

»Nein, Vicky kann mich bringen. Sag Suzy, ich freue mich, sie zu sehen.«

Ich beende das Gespräch und rufe Jeremy an.

»Hallo, Mel.«

Er klingt so normal. »Hey«, sage ich. »Wie fühlst du dich?«

»Als wäre ich von einem Laster überrollt worden«, erwidert er. »Oder als wäre ich von einer Brücke gesprungen.«

Sollen wir jetzt auch noch Witze darüber machen? »Ja«, stimme ich zu, »du bist ganz schön demoliert.«

»Ein paar gebrochene Rippen und ein angeknackster Wirbel. Die Ärzte meinen, in ein paar Tagen bin ich wieder auf den Beinen. Oh, und ich habe jetzt ein Organ weniger. Zum Glück scheint die Milz nicht besonders wichtig zu sein. Eines dieser Körperteile, die man nicht unbedingt braucht, wie Blinddarm und Mandeln. Wer hätte das gedacht?«

»Du hast ziemlich schlimm ausgesehen«, sage ich.

»Ja, Mom hat mir erzählt, du seist schon einmal hier gewesen. Das habe ich gar nicht richtig mitbekommen.«

»Du warst ganz schön weggetreten.«

»Hab ich irgendwas Komisches gesagt?«

»Du hast von deinem Bruder gesprochen«, erwidere ich.

Am anderen Ende der Leitung bleibt es still, dann fragt Jeremy: »Kannst du mich besuchen? Heute Nachmittag, meine ich?«

»Ja.« Ich stehe auf. »Ich mache mich gleich auf den Weg.«

*

Vicky fährt mich zum Krankenhaus und fragt zu meiner Erleichterung nicht noch einmal, wie ich mich fühle. Sie war immer darauf bedacht, mir meine Privatsphäre zu lassen, aber ich weiß, dass sie sich Sorgen macht. Ich wünschte, ich wüsste, was Jeremys Mutter ihr gesagt hat. Ich weiß, es ist ein schrecklicher Gedanke, aber ich bin froh, dass Jeremy und seine Mom sich nicht besonders nahestehen. Hoffentlich hat er ihr verschwiegen, dass ich die Idee hatte, von der Brücke zu springen.

Vicky und ich gehen zusammen zu Jeremys Station. »Ich sag nur kurz Hallo«, erklärt sie. »Dann lass ich euch allein, damit ihr reden könnt.«

»Okay.« Der Flur riecht nach Desinfektionsmittel. Meine Hände sind schwitzig und mein Herz rast genau wie damals, als Jeremy und ich bei ihm zu Hause in der Küche saßen und wir sechs Tassen Cappuccino hintereinander getrunken haben. Es war einer meiner wenigen Besuche bei ihm. Seine Mutter hatte so eine schicke Kaffeemaschine, mit der man Milch aufschäumen konnte.

»Mel?«

»Was ist?«

»Du siehst angespannt aus.« Vicky bleibt kurz stehen und schaut mich an. »Ist alles in Ordnung mit dir?«

Ich blinzele ein paar Tränen weg. »Ist schon okay. Es ist alles so unwirklich.«

Sie nimmt mich in die Arme und ich komme mir vor wie ein kleines Mädchen.

*

Jeremy ist wach. Das Kopfteil des Krankenhausbettes ist erhöht und er hat sich ein paar Kissen untergelegt. Er hängt nicht mehr am Tropf und trägt eine graue Kapuzenjacke über dem Krankenhausnachthemd. Sein Blick ist klar und konzentriert, und als er uns sieht, lächelt er. »Hey, Mel! Vicky, hallo!«

»Hallo«, sage ich.

Vicky geht zu seinem Bett und legt behutsam den Arm um seine Schultern. »Wie geht es dir, Jeremy?«

Ich bin froh, dass sie da ist und das Eis zwischen uns bricht. Sonst würde ich wahrscheinlich wie ein Depp im Zimmer stehen und nicht wissen, was ich sagen soll.

»Ähm, mir ist das alles ziemlich peinlich«, gesteht er. »Ansonsten ganz gut, solange ich nicht huste, niese oder lache. Oder mich bewege. Oder atme.«

Vicky lächelt. »Gut. So, ich geh jetzt nach unten und hol mir einen Kaffee. Lass euch beide reden. Mel?«

»Was ist?«

»Bring ihn nicht zum Lachen.«

Das erscheint mir ziemlich abwegig, doch ich zwinge mich zu lächeln und winke ihr zum Abschied zu.

»Komm her und setz dich«, sagt Jeremy.

Ich setze mich auf den beigefarbenen Stuhl und ziehe ihn näher ans Bett, wobei er geräuschvoll über die Bodenkacheln schrappt. »So. Ähm, du siehst besser aus als gestern.«

»Ja. Mir tut alles weh. Muss wohl noch eine Weile hierbleiben.« Er hält kurz inne. »Alles ziemlich schwer zu begreifen.«

Ich kann nicht sprechen und nicke stumm.

»Hey, weinst du etwa? Was ist los, Mel? Mir geht's gut. Hör auf.« Er streckt die Hand nach mir aus und ich umfasse sie. »Rede mit mir.«

»Es ist nur ...« Ich versuche, die Tränen hinunterzuschlucken, aber meine Stimme bebt. »Ich hielt dich für tot, Jeremy. Ich konnte nicht glauben, dass du es getan hast.«

»Ich weiß. Es tut mir leid, Mel.« Er schaut mir direkt in die Augen. »Ich habe nicht darüber nachgedacht, welche Folgen es für dich hat«, sagt er ernst.

Weil ich mit dir zusammen springen sollte. Ich streiche mit den Fingerspitzen über seinen Handrücken. »Ich kann es immer noch nicht glauben. Dass du gesprungen bist.«

»Ich war nicht sicher, ob ich es tun würde. Bis zur letzten Sekunde.«

»Ich hätte dich aufhalten sollen«, sage ich.

Er schüttelt den Kopf.

Ich habe Angst, zu fragen, aber ich muss es wissen. »Hätte ich dich davon abbringen können? Ich meine, wenn ich dich angefleht hätte, es nicht zu tun, hättest du auf mich gehört?«

»Ich weiß nicht. Vielleicht.« Er zieht die Schultern hoch. »Vielleicht hätte ich es nicht getan, in dem Moment, meine ich. Aber ich hätte es wahrscheinlich am nächsten Tag oder eine Woche später getan.«

Ich ziehe meine Hand zurück, um mir die Augen zu wischen. »Aber ich habe nicht mal versucht, dich aufzuhalten. Ich meine, das ist doch das, was alle denken. Dass ich mit dir da oben war, weil ich versucht habe, dich zu stoppen. Das habe ich ihnen erzählt. Weil, du weißt schon, weil ich es ihnen nicht sagen konnte ...«

»Ich weiß. Ist schon in Ordnung, Mel. Hör auf, dich selbst zu zerfleischen.«

»Aber es war meine Idee, Jeremy. Ich meine, die Brücke. Ich war diejenige, die den Vorschlag gemacht hat.«

»Wirklich? Ich weiß gar nicht mehr, wie es angefangen hat. Es war nicht so, als hätte ich die Idee nicht schon länger gehabt.« Er drückt meine Hand. »Vielleicht hilft es dir, dass ich glaube, es war etwas, das ich tun musste.«

»Das ist verrückt. Niemand muss von einer Brücke springen.«

»Nein, ich meine es ernst. Ich glaube, dass ich es tun

musste. Ich meine, so gut wie jetzt habe ich mich schon lange nicht mehr gefühlt. Ich fühle mich besser, glücklicher.«

Und er sieht auch so aus. Da ist dieses Lächeln in seinem Gesicht ... Ich habe ihn ja auch früher schon lächeln sehen, aber das hier ist nicht sein übliches spöttisches Grinsen. Sein jetziges Lächeln ist seltsam friedvoll und offen und völlig untypisch für Jeremy. »Von der Brücke zu springen hat dich also glücklich gemacht? Das ergibt überhaupt keinen Sinn!«

»Ich glaube, ich musste dem Tod ins Auge sehen, verstehst du?«

»Nein, das verstehe ich nicht.« Ich starre ihn an. »Jeremy, es war ein absoluter Glücksfall, dass du überlebt hast.«

»Das glaube ich nicht«, widerspricht er.

»Natürlich war es das! Du kennst doch die Statistik dieser Brücke.« Meine Stimme wird lauter und ich muss mich zwingen, tief Luft zu holen und leiser zu sprechen. »Auf jeden Überlebenden kommen Dutzende Tote.«

»Genau«, stellt Jeremy fest. Seine Stimme klingt triumphierend, als hätte er soeben bewiesen, dass er recht hat. »Die Chancen standen schlecht für mein Überleben, aber ich habe trotzdem überlebt.«

»Aber du hättest genauso leicht sterben können. Zu sagen, du musstest es tun, ist doch absolut schwachsinnig.« Es ist, als würde ich gegen eine Wand anreden, als würde er mich gar nicht richtig hören.

»Ich glaube einfach, dass ich aus einem bestimmten Grund überlebt habe«, beharrt er.

Mir fällt etwas ein, was er vorher gesagt hat – dass er versucht habe, beim Fallen gerade zu bleiben. »Du meinst, weil dir klar wurde, dass du einen Fehler gemacht hattest? Weil du leben wolltest?«

»Es war mehr als das. Ich weiß auch nicht. Aber Mel, als ich im Wasser war und alles wehtat und ich das Boot auf mich zukommen sah ... die Lichter auf dem Wasser ... hatte ich Todesangst, aber irgendwie wusste ich, dass alles gut werden würde. Besser. Anders.« Er drückt meine Hand. »Ich kenne nicht alle Antworten, aber ich weiß, dass mir eine zweite Chance geschenkt wurde. Und jetzt muss ich herausfinden, was ich damit anfangen will.«

Es klingt alles nach Psychogerede. So gar nicht wie Jeremy. Aber ich erwidere den Druck seiner Hand, spüre seine Knochen, die sanften Erhebungen der Fingerknöchel. »Ich bin so froh, dass es dir gut geht«, flüstere ich. Wie gebannt starre ich sein Gesicht an, das dunkle Haar, die hohen Wangenknochen, die lächerlich dichten Wimpern. Nichts hat sich verändert und doch hat sich alles verändert. Ich habe das Gefühl, als lägen Meilen zwischen uns.

*

Wieder zu Hause, helfe ich Bill bei der Vorbereitung des Essens, während Vicky mit ihrer Freundin Hanna telefoniert, die sich ebenfalls ehrenamtlich für die Gefängnisgruppe einsetzt. »Wir tun, was wir können«, sagt Vicky gerade. »Wir können den Ausgang nicht kontrollieren.«

Der Ausgang ist voraussichtlich, dass so gut wie jeder aus dem Todestrakt irgendwann hingerichtet wird. Vicky verbringt Stunden und Stunden damit, den anderen Ehrenamtlichen Mut zuzusprechen und ihnen zu zeigen, dass das, was sie tun, sich lohnt. Dass es etwas bewirkt.

»Mel, kannst du die Soße machen?« Bill hält mir das Kochbuch unter die Nase. Man sieht, welche Rezepte wir ständig benutzen, weil die Seiten ganz fleckig sind. Erdnussbuttersoße gehört zum Grundstock, damit schmeckt sogar Broccoli. Ich nehme Erdnussbutter und Sojasoße aus dem Schrank und suche im Kühlschrank nach Koriander.

»Vicky sagt, du seist heute bei Jeremy gewesen.« Er langt an mir vorbei und greift nach einem Glas mit eingelegtem Knoblauch. »Wie geht es ihm? Ich spreche nicht von seinen gebrochenen Rippen, sondern von seiner seelischen Verfassung.«

»Gut«, antworte ich und entdecke den Koriander – nicht mehr ganz frisch, doch noch genießbar. »Aber irgendwie merkwürdig gut.«

»Wie meinst du das?«

Ich kneife die Stängel ab, wasche die Blätter und entsorge die schleimigen Teile. »Er glaubt, es ist aus einem bestimmten Grund passiert. Dass es einen Grund gibt, warum er überlebt hat.«

»Er versucht, es zu verarbeiten.«

»Ja, aber ...«, murmele ich ratlos. »Aber es gibt doch keinen Masterplan oder so.«

»Meine atheistische Tochter«, sagt Bill. »Du warst immer eine Skeptikerin. Nicht mal den Weihnachtsmann hast du uns abgekauft.«

»Ach, komm schon. Du glaubst doch wohl nicht, dass jemand nach unten geschaut und gesagt hat: ›Oh, sieh mal, da springt einer von der Brücke. Den werde ich mal retten.‹«

»Nein. Du weißt, dass ich nicht an so was glaube.« Er lacht. »Die Skepsis liegt wohl in der Familie.«

»Na also.« Ich fange an, den Koriander mit unnötiger Kraft zu zerhacken.

»Aber es spielt keine große Rolle, was wir denken.« Bill lehnt sich an die Anrichte und beobachtet mich mit nachdenklicher Miene. »Vielleicht hilft es ihm, das zu glauben.«

»Vielleicht. Es kommt mir nur so vor wie ein Ausweichmanöver, verstehst du?«

»Inwiefern?«

»Nun ja, vor zwei Tagen fand er das Leben noch so beschissen, dass er sterben wollte. Und jetzt ist es, als hätten sich all seine Sorgen in Luft aufgelöst, und er ist glücklicher, als ich ihn je erlebt habe.« Ich blicke zu ihm auf. »Verstehst du? Es ergibt einfach keinen Sinn.«

»Das Leben ergibt manchmal keinen Sinn.«

»Sollten wir das dann nicht einfach akzeptieren? Und uns nicht irgendetwas ausdenken, damit wir uns besser fühlen?«

»Hm.« Bill schüttelt den Kopf. »Warum so zornig, Mel?«

»Ich bin nicht zornig!« Ich merke, dass ich fast angefangen habe zu schreien, und senke die Stimme. »Nun ja, vielleicht bin ich wütend. Keine Ahnung. Vielleicht bin ich wütend, dass mein bester Freund von einer verfi...fluchten Brücke gesprungen ist.«

»Du kannst ruhig verfickte Brücke sagen, wenn du willst«, sagt er. »Es ist ja nicht so, dass ich das Wort noch nie gehört habe. Offen gestanden habe ich es auch schon mal benutzt.«

Ich knalle das Messer aufs Schneidebrett. »Ich habe keinen Hunger«, erkläre ich. »Ich geh rauf in mein Zimmer.«

Bill nickt nur. »Tu, was du tun musst.«

Ich stampfe die Treppe hinauf, hasse ihn, weil er so vernünftig ist. Ich will jemanden anschreien, aber wütend auf meinen Vater zu sein bringt nichts. Es endet immer damit, dass ich mich noch schlechter fühle als vorher. Es erinnert mich an Jeremy und seinen Vater und den schrecklichen Nachmittag in Jacksonville, der das Fass zum Überlaufen brachte und uns am selben Abend auf die Brücke fahren ließ.

Wie alles andere war auch das mein Fehler.

HINRICHTUNGSTAG

Nachdem Jeremy mir an jenem Tag am Strand von seinem Vater erzählt hatte, musste ich ständig an ihn denken. Es schien mir unglaublich, dass sein Vater nichts mit ihm zu tun haben wollte. Schließlich hatte er doch schon Lucas verloren. Jeremy war alles, was er hatte. Und doch war es schon fast ein Jahr her, seit Jeremy seinen Vater zum letzten Mal gesehen hatte. Dass sie miteinander gesprochen hatten.

Es war einfach unerklärlich.

Und dann war da noch Ramon, dessen Hinrichtung schnell näher rückte. Falls nicht noch in letzter Minute ein Wunder geschah, würde man ihm ein tödliches Mittel injizieren und das war's: Sein Leben wäre vorbei. Mom hatte mir erzählt, dass seine Tochter noch einmal von Miami zu ihm gereist war, um ihn zu besuchen, wohl wissend, dass sie ihn zum letzten Mal lebend antreffen werde. Sie hatte nicht vor, zur Hinrichtung zu kommen. Sie wollte es nicht mit ansehen und ich konnte sie verstehen.

Mom hatte Ramon nicht persönlich kennengelernt; ihre Fürsprache war distanzierter – Petitionen, die Website, Briefe, Treffen mit Politikern. Ihre Freundin Hanna pflegte dagegen eine enge Freundschaft zu Ramon und besuchte ihn, sooft sie konnte. Hanna hatte mir erzählt, dass es Ramons größter Kummer war, nicht mitzuerleben, wie seine Tochter erwachsen wurde.

Und Jeremys Dad, der diese Möglichkeit hatte, warf sie einfach weg.

Das machte mich wütend und ich konnte es nicht auf sich beruhen lassen.

Am Dienstag nach der Schule gingen Jeremy und ich in den Park bei unserem Haus. Wir setzten uns auf die hölzerne Plattform des alten Spielgerüsts mit der ausgeblichenen rot-blauen Plastikrutsche, den rostigen Stangen und einer niedrigen Kletterwand. Ich hätte mir gern eine Zigarette gedreht, doch dann fiel mir ein, dass ich Jeremy meinen Tabak gegeben und beteuert hatte, dass ich aufhören wollte. Ich glaube nicht, dass ich direkt süchtig war, aber ich vermisste das Ritual, das Gefühl des dünnen Papiers und des losen Tabaks zwischen den Fingern.

Jeremy lehnte sich zurück und legte den Kopf auf meinen Schoß. Wir waren immer noch kein Paar – wir hatten uns noch nicht einmal geküsst –, aber wir waren auf dem Weg dahin. Vielleicht. Ich wollte immer mit ihm zusammen sein, aber ich zögerte, unsere Freundschaft aufs Spiel zu setzen, indem ich versuchte, mehr daraus zu machen. Ich verscheuchte den Gedanken. »Jeremy?«

»Mm.«

»Ich habe daran gedacht, was du erzählt hast. Von deinem Dad.« Ich spürte, wie sich seine Rückenmuskeln anspannten. »Vielleicht fürchtet er sich davor, den ersten Schritt zu machen?«

Er machte ein erstauntes Gesicht und ich merkte, dass ich rot wurde. Ich wünschte, ich hätte mich anders ausgedrückt. »Ich meine, vielleicht denkt er, dass du wütend auf ihn bist.«

»Ja, damit läge er ganz richtig.«

»Ich weiß – ich meine, du hast das Recht, wütend auf ihn zu sein. Aber vielleicht wartet er darauf, dass du mit ihm Kontakt aufnimmst.«

Jeremy setzte sich auf. »Du denkst, ich soll den ersten Schritt machen?«

Ich nickte.

»Sprichst du wirklich über meinen Dad?«

»Wie bitte?« Mein Gesicht glühte. »Ja, natürlich. Was denn sonst?«

Er zuckte mit den Achseln. »Ich weiß nicht. Vielleicht hast du recht.«

»Ja?«

»Es ist nicht so, dass ich noch nicht darüber nachgedacht hätte. Ab und zu. Ich weiß, wo er wohnt. Er hat eine Wohnung in Jacksonville.«

»Vielleicht könntest du ihn anrufen.« Ich war immer noch ganz verwirrt. Hatte er etwa mit mir *geflirtet*, als wir davon sprachen, dass er den ersten Schritt machen sollte?

Jeremy schnitt eine Grimasse. »Zu peinlich. Was sollte ich denn sagen?«

»Keine Ahnung. Einfach ›Hallo, Dad, hier ist Jeremy‹?«

»Ja, aber was dann?« Er verschränkte die Arme vor der

Brust. »Ich meine, er sagt ›Hallo‹ und vielleicht ›Ist schon lange her‹ oder so. Und dann? Ich mag mir das lange peinliche Schweigen gar nicht ausmalen.«

Ich verdrehte die Augen. »Ja, es ist sicher schwer, einfach weiterzumachen, als wäre nichts geschehen. Ich meine, du kannst schließlich nicht so tun, als wäre es ganz normal, dass er ein Jahr lang nicht mit dir geredet hat.«

»Er redet ohnehin nicht viel«, sagte Jeremy. »Auch als er noch da war, meine ich. Bevor Lucas gestorben ist. Wir haben uns nie so nahegestanden wie du und Bill, verstehst du?«

»Ja.« Jeremy war groß und schlaksig und dunkelhaarig wie seine Mom; Lucas war blond und athletisch gewesen. Ich fragte mich, ob er wie ihr Dad ausgesehen hatte, den ich mir als militärischen, zupackenden Typ vorstellte, mit kurzen Haaren und muskulösem Körperbau.

»Wenn überhaupt, würde ich wohl einfach nach Jacksonville fahren und versuchen, ihn persönlich zu sprechen«, erklärte Jeremy.

»Ich würde dich begleiten«, sagte ich. »Ach, übrigens ...«

»Was denn?«

»Vicky fährt am Freitag hoch. Um vor dem Gefängnis zu protestieren. An dem Tag steht eine Hinrichtung an.« Ich biss mir auf die Lippe und verscheuchte den Gedanken an Ramon und seine Tochter. »Das *Florida State Prison* ist nicht weit von Jacksonville. Wir können bestimmt mit ihr fahren. Ich meine, wenn du willst.«

»Ich weiß nicht, ob das eine gute Idee ist.«

»Ach, komm schon. Was hast du schon zu verlieren?«

Jeremy blieb lange stumm. »Vielleicht will ich gar nicht wissen, ob ihm noch was an mir liegt«, sagte er und seine dunklen Augen schimmerten verräterisch.

*

Bis zum besagten Freitag hatte Jeremy sich entschlossen, mit Vicky und mir nach Jacksonville zu fahren. Wir freuten uns auf den Ausflug. Wir schwänzten die Schule, der Himmel war blau, Vicky hatte einen Musiksender eingeschaltet und Jeremy hatte Snacks besorgt.

»Hier ist unser Reiseproviant«, verkündete er und hievte seinen Rucksack auf die Rückbank. »Ich war noch bei *Winn-Dixie.*«

»Was hast du denn alles?«, fragte ich und war plötzlich hungrig, obwohl ich gerade erst gefrühstückt hatte.

Er öffnete den Rucksack und schob ihn zwischen die beiden Vordersitze. »Alle möglichen Sorten Lakritz, Salzbrezeln, Tortilla-Chips, Erdnüsse in Knusperhülle ...«

Vicky musste lachen. »Wir fahren nur nach Jacksonville, nicht nach Kalifornien.«

»Schokolade?«, fragte ich hoffnungsvoll.

Jeremy reichte mir einen Riegel Luftschokolade. »Und heute ist also die Hinrichtung? Kennst du den Typen, Vicky?«

»Nein.« Sie blickte in den Rückspiegel und sah ihn an. »Ehrlich gesagt würde mir die Arbeit zu schwerfallen, wenn ich persönlichen Kontakt mit den Gefangenen hätte. Für meine Freundin Hanna wird es hart, glaube ich. Sie sagt immer, was für ein guter Mensch Ramon ist.«

»Mm. Wird sie dabei sein?«

»Zuschauen wird sie nicht, aber sie wird mit uns draußen sein. Nun ja, mit mir.« Sie trank einen Schluck Kaffee aus ihrem Thermobecher. »Ihr habt sicher andere Pläne, stimmt's? Ihr könnt ja nach Jacksonville reinfahren und shoppen oder was auch immer.«

Ich war gespannt, was Jeremy dazu sagen würde. Es hätte mich nicht gewundert, wenn er ihr die ganze Geschichte anvertraut hätte – so ging es vielen Leuten in Vickys Gegenwart. Er zuckte jedoch nur mit den Achseln. »Ja, wir sehen uns zuerst an, was beim Gefängnis los ist, und dann fahren wir in die Innenstadt.«

»Ihr könnt gern den Wagen nehmen«, bot Vicky an. »Aber vergesst nicht, mich wieder abzuholen. Oder ruft an. Wenn ihr lieber eher nach Hause wollt, kann Hanna mich sicher mitnehmen. Sie ist schon gestern hingefahren, um Ramon noch einmal zu sehen.«

»Wann ... ich meine, wann werden sie melden, dass es vorbei ist? Die Hinrichtung?« Es auszusprechen fiel mir schwer.

»Achtzehn Uhr dreißig ist der Termin.«

»Dann wird er vorher seine Henkersmahlzeit kriegen.«

»Cheeseburger, Pommes, Zwiebelringe, Krautsalat, Schokoladenkuchen und ein Becher *Ben &Jerry's* Eiscreme.«

Ich starrte sie ungläubig an. »Woher weißt du das denn?«

»Twitter«, erwiderte sie. »Ob du es glaubst oder nicht.«

*

Kurz vor Mittag trafen wir beim Gefängnis ein, parkten den Wagen und gingen auf eine große Wiese, wo einige Leute sich versammelt hatten. Eine Gruppe von etwa zehn Personen saß an einem Tisch, auf dem Fotos eines jungen Schwarzen zu sehen waren – Michael Daniels, einer der beiden Männer, die Ramon getötet hatte. Seine Freunde und Familienmitglieder, nahm ich an, die auf die Nachricht warteten, dass Ramon endlich tot war. Einige hatten Gartenstühle und Kühltaschen mitgebracht – durchaus sinnvoll, wenn man vorhatte, den ganzen Tag hierzubleiben, aber es wirkte sonderbar. »Hinrichtungs-Picknick«, flüsterte Jeremy mir ins Ohr.

Ich sah mir die Gruppe genauer an. Eine Person fiel mir ins Auge – eine gebrechlich wirkende schwarze Frau im Rollstuhl. Sie musste um die sechzig sein, hatte die grauen Haare straff aus dem knochigen Gesicht zurückgekämmt. Ich fragte mich, ob sie Michaels Mutter war und ob sie seit sechzehn Jahren darauf wartete, dass der Mörder ihres Sohnes getötet wurde. Ich fragte mich, welche Gefühle sie dabei hatte, ob sie jemals an Ramon als Menschen gedacht hatte, ob sie von seiner Tochter wusste. Ich fragte mich, wie sie sich am Ende des Tages fühlen würde, wenn sie nach der Hinrichtung nach Hause fuhr. Ramon zu töten würde ihren Sohn nicht zurückbringen.

In respektvollem Abstand stand eine Gruppe von Gegnern der Todesstrafe, von denen ich die meisten im Laufe der Jahre kennengelernt hatte: Vickys Freundin Pam, die sich um die Website kümmerte; Hanna, ganz in Schwarz, das lange, rote Haar zu einem Pferdeschwanz frisiert; Pete und Gary, ein schwules Paar, das, wie ich von Vicky wusste, ein Geschwisterpaar aus einer Pflegeeinrichtung adoptieren wollte; und ein bärtiger College-Professor, dessen Namen ich vergessen hatte. Eine Frau, die ich nicht kannte, trug ein Poster – *GAINSVILLE SAGT NEIN ZUR TODESSTRAFE* – und rauchte eine Zigarette. Es waren auch ein paar jüngere Leute gekommen, wahrscheinlich Studenten. Viele von ihnen hielten Protestschilder in der Hand: *WEG MIT DER TODESSTRAFE! ZWEI VERBRECHEN SCHAFFEN KEINE GERECHTIGKEIT. MORD IST IMMER EIN VERBRECHEN.*

Es gab auch Befürworter der Todesstrafe. Als wir an ihnen vorbeigingen, schwenkte ein älterer, rotgesichtiger Mann sein Banner in meine Richtung. *DER LOHN DER SÜNDE IST DER TOD* stand mit roten, zerlaufenen Buchstaben darauf. Ich erschauerte und machte einen Bogen um ihn herum, um ihm nicht in die Augen sehen zu müssen.

»Ganz schön blutrünstig, was?«, flüsterte Jeremy.

Ich nickte und sah mir die Gesichter und Schilder an. *Auge um Auge. Verbrennt in der Hölle, ihr Sünder.* All die Gewissheit und Wut und Selbstgerechtigkeit. Wer waren diese Menschen, für die es im Leben nur Schwarz und Weiß gab und keine Zwischentöne? Ich musste an Menschen denken, die in früheren Zeiten aus der Stadt gejagt worden waren, an zornige Meuten und Lynchmorde. Vielleicht waren diese hasserfüllten Leute mit jenen zu vergleichen, die damals ihre eigene Form der Gerechtigkeit durchgesetzt hatten.

»Und alle stehen nur rum und warten?«, fragte Jeremy.

HENKERSMAHLZEIT

Wir brauchten nur eine halbe Stunde, um die Adresse von Jeremys Dad im südwestlichen Teil von Jacksonville zu finden. Es war ein kleines, graues Mehrfamilienhaus an einer belebten Straße, und man sah auf den ersten Blick, dass es sich um Mietwohnungen handelte – nicht hässlich, aber unpersönlich und nichtssagend.

Jeremy fand vor dem Haus einen Parkplatz. »So, da wären wir.«

»Soll ich hier auf dich warten?«

»Ich weiß nicht. Vielleicht ist er gar nicht zu Hause.«

»Gibt nur eine Möglichkeit, das rauszufinden«, sagte ich. Mir war etwas flau im Magen. Ich war mir nicht sicher, ob es an Ramon lag oder an Jeremys Vater.

»Stimmt.« Er rührte sich jedoch nicht von der Stelle. »Ich habe letzte Nacht wieder von meinem Bruder geträumt.«

»Tatsächlich? Konntest du mit ihm reden?« Ich war immer vorsichtig bei diesem Thema, denn bei Gesprächen über Träume hätten wir uns schon ein paarmal fast gestritten. Ich hatte einiges von dem Zeug gelesen, das er mir geschickt hatte, aber es wirkte irgendwie abgedreht. Für mich dienten

Träume nur zur nächtlichen Instandhaltung des Gehirns. Sie feuerten eine zufällige Mischung all der Sachen ab, die wir gedacht oder getan hatten – doch ich wusste, dass sie für Jeremy etwas viel Ernsthafteres bedeuteten.

»Er war am Strand, weißt du? An der Stelle, die ich dir gezeigt habe; wo es passiert ist. Er stand da in seinen Shorts und hielt den Volleyball, mit dem Daimon und Carter gespielt hatten. Ich ging auf ihn zu und sagte seinen Namen …« Er schüttelte den Kopf. »Und er blieb einfach stehen, starrte mich an, ohne zu lächeln oder so. Starrte mich nur an.«

»Und?«

»Ich fragte ihn, ob es ihm gut ging. Ich hab gewusst, dass ich träume, Mel. Es war ein absoluter Klartraum. Ich habe ihm gesagt, dass …« Seine Stimme versagte. »Ich habe gesagt, dass es mir leidtut.«

Ich wollte ihn berühren, ihm die Hand auf den Arm legen oder so, aber ich tat es nicht. »Hat er geantwortet?«

»Nein. Er hat sich einfach umgedreht und ist weggegangen. Ich bin hinter ihm hergerannt, aber er lief ins Wasser und schwamm vom Ufer weg. Ich bin auch losgeschwommen, aber ich konnte ihn nicht einholen, und dann war da all der Seetang, der meine Beine umschloss und mich runterzog … und ich konnte nicht atmen … und dann bin ich aufgewacht und habe gehustet.« Er schüttelte sich. »Es war grauenvoll.«

»Hört sich an wie ein Albtraum.«

»Ich glaube, dass er mich bestrafen wollte, verstehst du?

Dass er mir zeigen wollte, wie es sich anfühlt, wenn man ertrinkt.«

Hilflos sah ich ihn an. »Du bestrafst dich selbst. Es ist nicht Lucas, du bist es selbst. Du quälst dich, Jeremy.«

»Nein. Ich wollte ihn zwingen, mir zu antworten, mit mir zu reden. Und bis dahin hatte ich die Kontrolle über den Traum.« Jeremy sah mich an, fixierte mich mit seinen dunklen Augen. »Er hat sich geweigert, mit mir zu sprechen, Mel. Er hat die Kontrolle übernommen.«

»Es war ein Traum«, sagte ich. »Nur ein Traum.«

»Er wird mir nie verzeihen«, sagte Jeremy und ich hörte die Hoffnungslosigkeit in seiner Stimme. Ich fühlte seine Schuld, die alles einsaugte, wie eines von Suzys schwarzen Löchern.

»Er kann dir nicht verzeihen«, sagte ich tonlos. »Er ist fort, Jeremy. Er ist tot. Du musst dir selbst vergeben.«

»Vielen Dank! Du klingst genau wie eine Kummerkastentante, die für alle Probleme eine Lösung hat«, schnaubte er.

Ich wurde rot. »Das ist nicht fair.«

»Das Leben ist nicht fair ...« Er verstummte. »Da ist mein Dad. Scheiße.« Er duckte sich. »Ich will nicht, dass er mich sieht.«

»Der Typ da vorn?« Ein großer Mann mit kurzen, blonden Haaren war gerade aus der Haustür des Gebäudes getreten und marschierte auf unseren Wagen zu.

»Scheiße, Scheiße, Scheiße.« Jeremy startete den Motor, trat aufs Gaspedal und fuhr mit quietschenden Reifen los.

»Jeremy!«

»Ich kann das nicht.« Seine Stimme klang panisch.

Ich blickte über die Schulter. Der Mann ging den Gehsteig entlang und entfernte sich von uns. »Bist du sicher?«

»Ja. Oh, Gott. Meinst du, er hat uns gesehen?«

»Nein. Er hat nicht mal in unsere Richtung geschaut.«

Jeremy bog in eine Seitenstraße ein und fuhr rechts heran. »Entschuldige, Mel. Ich bin total im Eimer. Erst schleife ich dich hierher und dann ...«

»Das macht doch nichts«, sagte ich. »Aber bist du dir wirklich ganz sicher, dass du nicht mit ihm reden willst?«

Er stützte sich aufs Lenkrad und legte den Kopf auf die Arme. Ich sah, wie seine Schultern bebten und strich ihm über den Rücken. Durch sein dünnes T-Shirt waren die Wirbelknochen zu spüren. »Du musst ja nicht. Ich meine, du solltest einfach tun, was auch immer du willst.«

Jeremy murmelte ein paar unverständliche Worte.

»Wie bitte?«

»Ich hab gesagt, dass ich ein beschissener Feigling bin.«

»Bist du nicht!«, protestierte ich. »Das, was du durchgemacht hast, würde keiner einfach so wegstecken.«

Er blieb stumm.

»Du kannst mit mir reden«, flüsterte ich. »Wenn du möchtest.«

»Hab nichts zu sagen.«

Wir blieben eine Weile so sitzen, Jeremy versteckte sein Gesicht zwischen den Armen, während ich ihm sanft den Rücken streichelte und wartete. Die Armaturenbrettuhr zeigte an, wie die Sekunden verstrichen. Meine Gedanken wanderten zurück zum Gefängnis und zu Ramon, der dieselben Minuten verstreichen sah: 13:12, 13:13, 13:14 … Ich konnte mir nicht vorstellen, wie es war, wenn man wusste, dass man keine sechs Stunden mehr zu leben hatte.

»Ich habe gerade an die *Sunshine-Skyway*-Brücke gedacht«, sagte Jeremy, den Kopf immer noch zwischen den Armen, die Stimme gedämpft.

»Ach ja?« Wir hatten schon eine Weile nicht mehr darüber geredet.

»Vielleicht sollten wir es einfach tun. Einfach runterspringen und alles hinter uns lassen.«

»Ich weiß«, sagte ich. »Diese Welt ist ein ziemlich beschissener Ort.«

Jeremy setzte sich gerade hin, strich sein Haar zurück und atmete tief durch. »Entschuldige, dass ich so ein Jammerlappen bin.«

»Kein Problem«, sagte ich. Seine Augen waren ganz rot. »Weißt du noch, als wir uns kennenlernten? Und über Camus gesprochen haben?«

»Ja, ich erinnere mich.«

»Und du meintest, du würdest nicht verstehen, wieso der Typ in der Geschichte keine wirkliche Reaktion auf den Tod seiner Mutter gezeigt hat?«

Jeremy nickte.

»So ähnlich fühle ich mich manchmal auch«, gestand ich. »Zum Beispiel, dass du um deinen Bruder weinst und traurig bist – das finde ich normal und angemessen. Aber ich denke manchmal, dass ich Gefühle nicht richtig spüren kann. Als ob ich sie vortäuschen müsste. Oder oft weiß ich nicht, was ich fühlen soll.«

»Wie meinst du das?«

»Diese Hinrichtung, verstehst du? Ich fühle mich nicht traurig oder so. Nur irgendwie seltsam.«

»Du kennst den Typen ja auch nicht.«

»Ich weiß. Aber ... Vicky weint bei traurigen Filmen. Sie weint über Bücher. Ich weine nie. Nicht mal als Bills Mutter – meine Großmutter – gestorben ist. Ich fühlte mich nur irgendwie leer.«

»Erinnerst du dich an das Zitat, das ich dir aufgeschrieben habe?«, fragte Jeremy. *»Da man sterben muss, ist es ganz unwesentlich, wann und wie – das ist klar.«*

»Ja.« Ich zögerte. »Es ist aber kein philosophisches Problem. Ich meine, es ist, als wäre ich irgendwie oberflächlich. Als wäre ich nicht imstande, die angemessenen Gefühle zu haben.« Es stimmte. Selbst während er neben mir saß und weinte, empfand ich kein richtiges Mitgefühl. Nach ein, zwei Minuten fühlte ich mich ein bisschen gelangweilt und ungeduldig, und dann waren meine Gedanken zu Ramon gewandert. Und als Jeremy nicht mit seinem Vater reden wollte, hatte er mir nicht wirklich leidgetan. In erster Linie war ich bloß enttäuscht, dass ich nicht erfuhr, was passieren würde. Und das erschien mir so falsch.

»Lass es uns heute Abend tun«, sagte Jeremy.

»Kriegen wir auch eine Henkersmahlzeit?«

»Natürlich.« Er sah mich an. »Was würdest du gern essen?«

»Ich weiß nicht. Schokoladenkäsekuchen vielleicht.«

Er lachte. »Wie wäre es, wenn ich dich zum Essen einlade?«

»Heute Abend? Echt?«

»Ja. In irgendein schickes Lokal.« Er legte den Kopf auf die Seite. »Okay? Dann haben wir also ein Date?«

Ich schluckte. »Ja. Haben wir.«

Jeremy grinste mich an, als wir Jacksonville verließen, und ich merkte, wie sich meine Anspannung legte. Auf der Rückfahrt nach St. Pete aßen wir Knabberzeug und waren in bester Stimmung. Ich fragte mich, ob er es bedauerte, nicht mit seinem Dad gesprochen zu haben, aber ich wollte unserer guten Laune keinen Dämpfer verpassen und sprach ihn nicht darauf an. »Immer noch Lust, essen zu gehen?«, fragte ich. »Oder bist du schon satt von den Chips?«

»Ich bin nie zu satt zum Essen«, entgegnete Jeremy. »Im Ernst.«

Ich musste lachen. »Aber du bist so dünn.«

»Ich weiß, ich weiß.« Er schnitt eine Grimasse. »Versuch du mal, in zwei Jahren dreißig Zentimeter zu wachsen. Seit der neunten Klasse bin ich ständig ausgehungert.«

Jeremy fuhr mich nach Hause und wartete unten, während ich mich zum Essen umzog. Ich wusste nicht, wo wir hingehen würden, aber er hatte von einem schicken Restaurant gesprochen, und obwohl er meinte, ich sähe prima aus, und er nicht vorhatte, seine schlabbrigen Chinos zu wechseln, fand ich Jeans und T-Shirt nicht angemessen für ein nettes Restaurant – oder für ein erstes Date.

Was es ja auch war, irgendwie. In der Luft zwischen uns

knisterte es, eine neue Spannung, die unsere übliche Vertrautheit veränderte. Ich tuschte mir die Wimpern, trug Lipgloss auf, tauschte meine verwaschenen Jeans gegen ein ärmelloses, schwarzes Kleid und meine Turnschuhe gegen hohe schwarze Stiefel. Ich betrachtete mein Spiegelbild. Da ich mich so gut wie nie schick anzog, hatte ich das Gefühl, einer Fremden gegenüberzustehen. Ich sah nicht übel aus – meine Arme und Schultern waren noch vom Sommer gebräunt, und in Kombination mit dem Kleid wirkte mein kurzer Haarschnitt weniger jungenhaft, sondern irgendwie stylisch. Eigentlich hätte ich meine silbernen Ohrstecker durch lange Ohrringe ersetzen oder zumindest eine Kette tragen sollen, aber ich wollte nicht aussehen, als legte ich mich zu sehr ins Zeug. Ich atmete ein paarmal tief ein und aus und ging nach unten.

Jeremy stand auf, musterte mich von oben bis unten und pfiff durch die Zähne. »Sieh mal an! Wow!«

»Ja, ist mal was anderes, was?« Verlegen verschränkte ich die Arme vor der Brust.

»Du siehst wunderschön aus.«

Meine Wangen brannten. »Und? Wohin wollen wir fahren?«

»Oh!« Er sah mich geheimnisvoll an. »Ich möchte dich überraschen.«

Jeremy fuhr mit dem Wagen meiner Mom zum Restaurant, weil er nicht nach Hause wollte, wo er vielleicht mit seiner Mutter hätte reden müssen. »Es wäre zu schräg«, sagte er. »Du verstehst, was ich meine?«

Ich verstand es nicht. »Dass wir beiden zum Essen fahren?«

»Nein. Nun ja, wo wir doch wissen, dass …« Er ließ den Satz unbeendet. »Keine Ahnung. Vergiss es einfach.«

»Wie du willst. Vicky hat sicher nichts dagegen, wenn wir ihr Auto nehmen.«

»Gut.« Er fuhr schnell und aggressiv, wechselte ständig die Spur.

»Langsam, langsam«, versuchte ich ihn zu beruhigen. »Ich würde gerne heil ankommen.«

Jeremy lachte, nahm eine Hand vom Steuer und legte sie auf mein bloßes Knie. Ich schnappte nach Luft und legte meine Hand auf seine. Er zwinkerte mir zu. »Wäre das nicht Ironie des Schicksals, auf dem Weg zur Henkersmahlzeit tödlich zu verunglücken?«

Ich wünschte, er hätte das Thema Henkersmahlzeit fallen lassen. Ich hatte das Gefühl, als finge unser Leben gerade erst an.

Wir parkten vor dem *Vinoy Renaissance Resort,* einem der vornehmsten Hotels der Stadt. »Das ist nicht dein Ernst«, sagte ich.

»Wieso nicht?« Jeremy stieg aus, lief um den Wagen, öffnete die Beifahrertür und bot mir seinen Arm an, als würden wir in einem alten Film mitspielen. »Bist du größer als sonst?«

Ich lachte und hob einen Fuß, um nachzuschauen. »Ich trage fast nie hohe Absätze. Die Stiefel habe ich in meiner kurzen Gothic-Phase gekauft, von der ich dir erzählt habe.«

»Hm.« Er musterte mich nachdenklich. »Todesengel.«

Ich zog die Nase kraus. »Du sollst mich doch nicht so nennen.« Unsere Gesichter waren nur wenige Zentimeter voneinander entfernt und ich schaute zu ihm auf. *Küss mich, küss mich, küss mich.*

Jeremy umschloss mein Gesicht mit beiden Händen. »Melody.«

»Ja?«

»Du ... ich hoffe, du weißt ... Es ist so, ich ...« Er zögerte. »Ich meine, du musst wissen, dass ich ... äh ...«

Ich fing an zu lachen. Vielleicht war das kein besonders romantisches Verhalten, aber ich konnte nicht anders. Er sah so schrecklich ernst aus und kriegte keinen ordentlichen Satz auf die Reihe. »Willst du mich jetzt küssen, oder was?«, flüsterte ich.

»Ich werde dich küssen«, erklärte er.

»Gut.«

»Dann hör auf zu reden.«

»Okay.« Dann drückte Jeremy seine Lippen auf meine, seine Hände umschlossen noch immer mein Gesicht und ich konnte kaum atmen. Ich legte die Hände auf seine Schultern und drückte mich an ihn. Einen Moment lang fühlte es sich an, als wären wir eine Person, als würden die Grenzen zwischen uns verschwimmen, als wäre sein Atem in meiner Lunge und sein Herzschlag in meinem Körper. Ich ließ eine Hand von seiner Schulter zum Schlüsselbein gleiten und dann auf seine knochige Brust, wo ich den regelmäßigen Schlag seines Herzens fühlte. Seine Lippen öffneten sich leicht, seine Zunge berührte meine, und sein Mund schmeckte nach Pfefferminz und nach etwas Süßem, vielleicht Lakritz.

Ich hatte schon andere Jungs geküsst und mit einigen von ihnen auch ein bisschen mehr gemacht, aber so wie jetzt hatte ich mich noch nie gefühlt. Ich schmolz dahin. »Jeremy …«

»Mel.« Er wich zurück und sah mir in die Augen. »Bist du … ist es okay für dich?«

»Besser als okay«, sagte ich.

Es dauerte eine Weile, aber irgendwann schafften wir es, uns voneinander loszureißen und ins Hotelrestaurant zu stolpern. Die Lampen waren zu hell und die Tischdecken zu weiß und alles brachte mich zum Kichern. »Ich fühle mich, als wäre ich betrunken«, flüsterte ich.

Jeremy nickte und grinste albern. Seine Augen waren so glasig, wie meine sich anfühlten.

»Haben Sie reserviert?«

Wir richteten unsere Aufmerksamkeit auf den Smoking tragenden Kellner. »Ähm, nein …«

»Tut mir leid, aber ich fürchte, vor neun haben wir nichts mehr für Sie frei«, sagte er.

»Oh.« Jeremy machte ein verlegenes Gesicht.

»Ist nicht so schlimm«, lenkte ich ein. »Wir können doch woandershin gehen.«

»Dieser Abend sollte perfekt werden.«

»Das ist er doch.« Ich griff nach seiner Hand und zog ihn zum Ausgang. »Der Abend ist perfekt.«

»Ist doch egal. Komm schon, lass uns da drüben reingehen.« Ich deutete auf die andere Straßenseite, wo ich ein Schild mit der Aufschrift *Delia's Café* entdeckt hatte.

»Aber das ist ein Coffee Shop«, sagte er.

»Ich wette, da gibt's Käsekuchen.«

»Ich wollte ein Steak essen«, murrte Jeremy.

»Du bist doch Vegetarier!«

»Ja. Aber als Henkersmahlzeit dachte ich ...«

»Hör auf damit«, befahl ich.

»Na schön. Dann essen wir eben Käsekuchen.«

Ein paar Minuten später saßen wir uns an einem winzigen Ecktisch gegenüber, teilten uns ein riesiges Stück Schoko-Nuss-Käsekuchen und tranken Cappuccino. Ich wünschte mir nichts sehnlicher, als dass er mich noch einmal küsste, aber die Sache mit der vergessenen Reservierung schien ihm die Laune verdorben zu haben. »Alles okay mit dir?«, fragte ich ihn.

»Ja. Bin nur ein bisschen in Gedanken, verstehst du? War ein seltsamer Tag heute.«

Ich nickte und dachte an Jeremys unterdrücktes Weinen und wie sein Dad vorbeigegangen war. Und dann schaute ich auf die Uhr. Es war nach sechs. Irgendwann in den vergangenen paar Minuten, während wir uns küssten oder ins Restaurant gingen oder über Käsekuchen sprachen, war Ramon im Hinrichtungsraum auf einer Pritsche festgeschnallt worden.

Übelkeit stieg in mir hoch und ich schob den Käsekuchen beiseite. »Ich glaube, ich hab doch keinen Hunger«, sagte ich.

Jeremy nahm noch einen Bissen, kaute und schluckte. »Ich auch nicht.«

Wir blieben noch einen Moment lang sitzen. Ich schob die Gedanken an Ramon beiseite und konzentrierte mich auf Jeremy – rief mir den Kuss ins Gedächtnis, das Gefühl seiner Lippen auf meinen, wie ich innerlich dahingeschmolzen war – und wünschte, wir wären irgendwo allein. »Sollen wir gehen?«, fragte ich. »Von hier verschwinden?« Ich sah ihm kurz in die Augen und wandte hastig den Blick ab, weil ich fürchtete, er könnte meine Gedanken lesen.

»Ja. Lass uns abhauen.« Er nahm meine Hand und wir gingen zum Auto. Doch statt in den Highway einzubiegen, der zu mir nach Hause führte, fuhr er in die entgegengesetzte Richtung. Über die *Skyway*-Brücke. In diesem Moment merkte ich, dass der Song »Lose This Skin« von *The Clash* aus den Lautsprechern klang.

Er spielte unsere Suizid-Playlist.

Und selbst in diesem Moment – obwohl es so offensichtlich war, dass selbst ein Kleinkind gewusst hätte, was los war – glaubte ich immer noch nicht, dass er es ernst meinte.

Ich verstand es erst, als er mitten auf der Brücke rechts ranfuhr und ausstieg. Und da war es schon zu spät. Ich konnte nicht zugeben, dass ich nie wirklich vorhatte, die Sache durchzuziehen, dass ich das Ganze für ein kindisches Gedankenspiel gehalten hatte. Und da stand ich nun. Hin und her gerissen zwischen meinem Stolz und meiner Angst, ergriff ich Jeremys Hand und beugte mich über die Mauer, hoch über dem dunklen Wasser.

Ich wünschte von ganzem Herzen, dass ich die Zeit zurückdrehen und alles anders machen könnte.

SPINNER, SPASTI, FREAK

Nach dem Krankenhausbesuch und dem dummen Streit mit meinem Dad über Jeremys sonderbare gute Laune und seine Überzeugung, dass er aus einem ganz bestimmten Grund gerettet worden war, würde ich mich am liebsten für den Rest des Abends verkriechen. Doch nach fünf Minuten klopft Bill an meine Zimmertür.

»Was ist?«, frage ich genervt.

»Vergiss nicht, dass du versprochen hast, auf Suzy aufzupassen«, sagt er durch die geschlossene Tür.

»Ich weiß.« Mist, Mist, Mist. Daran habe ich gar nicht mehr gedacht.

»Ich kann dich fahren«, bietet Bill mir an.

»Okay.« Ich warte, bis ich seine Schritte auf der Treppe höre. Bevor ich nach unten gehe, putze ich mir die Zähne, streiche mein Haar glatt und stecke mein iPad ein, falls Suzy ausnahmsweise schon einschlafen sollte, während ich dort bin.

Bill fährt mich zu Suzy. Nina begrüßt mich herzlich und ich schließe aus ihrem normalen Verhalten, dass sie nichts von Jeremy weiß. Auf dem Küchentisch steht ein Teller mit

Keksen und Suzy hat es sich mit ihrem Laptop auf dem Sofa bequem gemacht.

»Ich bin gegen zehn zurück«, sagt Nina und zieht die Reißverschlüsse ihrer Lederstiefel hoch. »Ich habe Suzy noch zehn Minuten am Laptop erlaubt. Achte bitte darauf, dass sie ihn ausschaltet. Sie starrt schon über eine Stunde auf den Bildschirm.«

»Okay. Ich wünsche dir viel Spaß.« Als sie das Haus verlässt, fällt mir ein, dass sie sich mit einer Freundin trifft, die mitten in einer Krise steckt, also war *Spaß* das falsche Wort. Doch bevor ich mich verbessern kann, fällt die Haustür hinter ihr ins Schloss.

»Mom?« Suzy blickt auf. »Oh. Mel. Was machst du denn hier?«

»Babysitten. Deine Mom ist gerade weggegangen.«

»Oh. Tatsächlich?«

»Sie hat dir Tschüss gesagt, und du hast auch Tschüss zu ihr gesagt.«

»Nein, hab ich nicht.«

»Doch. Hast du wohl.«

Sie mustert mich kritisch und ihre Stimme bekommt einen scharfen, warnenden Unterton. »Du *denkst* vielleicht, ich hätte das gesagt, aber du irrst dich. Ich würde wissen, wenn ich was gesagt hätte.«

Das ist typisch Suzy. Sie ist superschlau, aber ihr Gehirn ist ständig mit etwas anderem beschäftigt, sodass sie immer nur halb anwesend ist. Aber ich hüte mich davor, mit ihr zu diskutieren. »Was liest du gerade?«, frage ich stattdessen.

»Ach, das ist nur die NASA-Website. Willst du mal sehen? Sie zeigen die neuesten Bilder, die *Hubble* aufgenommen hat. Guck mal hier, das ist der Pferdekopfnebel.«

»Cool.« Ich setze mich versöhnlich zu ihr aufs Sofa und schaue mir das Foto auf dem Bildschirm an. Eine dunkle Wolke in Form eines Pferdekopfes vor einem rot glühenden Hintergrund. Farbexplosionen und Lichtwirbel in der Dunkelheit des Alls.

Sie zoomt etwas heran. »Siehst du das? Das ist *Sigma Orionis*. Cool, was?«

Ich kann an nichts anderes denken als an Jeremy. Wie er in seinem Krankenhausbett lag und mir erzählte, dass alles, was geschehen ist, vorherbestimmt war. Wie *glücklich* er jetzt sei, nachdem er von der Brücke gesprungen ist.

»Mel! Du hörst ja gar nicht zu!«

»Entschuldige. Was hast du denn gesagt?«

»Gar nichts«, murrt sie. »Vergiss es.«

Plötzlich kommen mir die Tränen. Ich murmele, dass ich zur Toilette müsse, und schließe mich im Bad ein, wo ich mich auf den Wannenrand setze und meinen Tränen freien Lauf lasse.

Jeremy mag jetzt vielleicht glücklich sein, aber ich kann mir nicht vorstellen, mich jemals wieder gut zu fühlen.

*

Ich habe mir das Gesicht gewaschen und meinen Eyeliner nachgezogen, aber als ich aus dem Bad komme, schaut Suzy vom Laptop auf und mustert mich mit zusammengekniffenen Augen, als durchschaue sie mich. »Was hast du so lange im Bad gemacht?«

»Nichts«, erwidere ich. »Du solltest den Laptop runterfahren. Deine Mom hat zehn Minuten gesagt.«

»Ja, gleich. Ich bin fast fertig.«

»Nicht gleich«, sage ich verärgert. »Sofort.«

Suzy knallt ihren Laptop zu. »So! Bist du jetzt zufrieden?«

»Deine Mom hat gesagt ...«

»Ich war gerade mittendrin!« Ihr Gesicht ist rot angelaufen und ihre Augen füllen sich mit Tränen. »Warum hast du mich nicht noch ein bisschen gelassen? Jetzt muss ich wieder ganz von vorn anfangen.«

»Tut mir leid«, sage ich. »Mir war nicht klar ...«

»Du hast nicht gefragt! Wieso bist du so gemein?« Ihre Stimme klingt schrill; sie steht kurz vor einem tränenreichen Wutanfall, und ich weiß aus Erfahrung, dass es dann Stunden dauern kann, bis sie sich wieder einkriegt.

»Suzy, es tut mir wirklich leid. Ich hatte einen anstrengenden Tag und ich war ungeduldig.« Ich zögere und überlege, ob ich sie fragen soll, woran sie gearbeitet hat, oder ob ich sie dadurch noch zorniger machen würde. Mir fehlt die Kraft, eine wutschnaubende Achtjährige zu bändigen. »Kann ich dir bei dem helfen, was du gemacht hast?«

»Nicht, wenn ich nicht an den Laptop darf«, sagt sie.

»Wie lange würde es dauern?«

»Du würdest es sowieso nicht verstehen.« Grimmig und überzeugt und selbstgerecht.

»Ich könnte es versuchen.«

»Es würde zu lange dauern, es dir zu erklären.« Sie ist immer noch wütend, aber sie beruhigt sich langsam, die hektischen roten Flecken auf ihren Wangen sind blasser geworden. »Ich habe mich gefreut, dass du kommst, aber es macht überhaupt keinen Spaß mit dir.«

Ja, weil mein bester Freund gerade versucht hat, sich umzubringen. Ich hole tief Luft und schlucke die Worte und meinen Zorn hinunter. Manchmal muss ich mir ins Gedächtnis rufen, dass sie nur ein Kind ist. Acht Jahre alt. Das vergisst man leicht, wenn sie wie eine Erwachsene redet, wie eine Anwältin argumentiert und mehr über Naturwissenschaften weiß als die meisten Highschoolschüler. Würde sie sich ein bisschen kindlicher verhalten – mit Puppen und Plastikponys spielen und über angesagte Kinderserien sprechen –, fände man ihre Ichbezogenheit vollkommen normal. »Suzy, es tut mir leid«, lenke ich ein. »Ich freue mich auch immer darauf, dich zu sehen.«

Sie schnieft und reibt sich mit ihren kleinen Fäusten die Augen. Ihre Nägel und große Teile ihrer Fingerspitzen sind mit dunkelblauem Glitzernagellack bemalt. Es ist derselbe Lack, mit dem sie meine Fingernägel beim letzten Mal verschönert hat. Nagellack ist eine der wenigen Mädchensachen, die sie mag.

»Wenn du Lust hast, kannst du mir die Nägel lackieren«, biete ich ihr an. »Sieh mal, der Lack vom letzten Mal ist schon ganz abgestoßen.«

Sie nickt.

»Dabei kannst du mir erzählen, wie es in der Schule läuft.«

Suzy steht auf. »Ich lackier dir die Nägel, aber wir reden nicht über Schule.«

Wir sitzen in ihrem Zimmer auf dem Boden. Wir haben ein altes Handtuch ausgebreitet, um den Teppich zu schützen – Suzy ist das ungeschickteste Kind, das ich kenne, und während sie sich bemüht, keinen Nagellack zu verschütten, den Pinsel in der Hand zu behalten und das Fläschchen nicht umzustoßen, sprudelt alles aus ihr heraus, was sie in der vergangenen Woche in der Schule erlebt hat, genau wie ich es erwartet habe. Anscheinend haben ein paar Mädchen sie geärgert und blöde Wörter zu ihr gesagt, von denen das schlimmste *Stinki* war.

»Stinki?«, frage ich. »Das ist ja seltsam.«

»Suse, dann Stinke-Suse. Dann hat Fen damit angefangen, mich *Stinki* zu nennen, und Emma und Danielle und alle anderen haben's nachgemacht.«

»Dann gib ihnen doch auch Spitznamen«, schlage ich vor. »Fen Fäkalien. Emma Exkrement.«

Sie fängt an zu kichern und der Nagellackpinsel macht einen kleinen Schlenker auf meinem Daumennagel.

»Danielle Durchfall.«

Sie prustet los und kann sich vor Lachen kaum halten. »Shonna Scheißerei«, ruft sie.

»Suzy!« Ich fürchte, ihre Mom und ihre Lehrerin werden von meiner Verteidigungsstrategie wenig begeistert sein.

Sie hört auf zu lachen. »Damit würde ich nur Ärger bekommen«, sagt sie. »Und sie würden bloß andere Schimpfwörter zu mir sagen. Wie Spinner oder Spasti oder Freak.«

»Sie nennen dich Spasti?«

Suzy antwortet nicht gleich. Sie bemalt zuerst die Nägel meines Zeigefingers, meines Ringfingers und meines kleinen Fingers. Dann steckt sie den Pinsel zurück in das Fläschchen, schraubt es fest zu und schüttelt es energisch. »Ein Mädchen hat gefragt, ob ich irgendein psychisches Problem hätte«, sagt sie, ohne mich anzuschauen.

Mir fällt ein, dass Jeremy davon erzählt hat, wie er in der Schule geärgert wurde und dass seine Lehrer ihn für autistisch hielten, weil er sich gern im Kreis drehte. »Kinder sind alle unterschiedlich«, erkläre ich ihr. »An dir ist nichts Falsches. Und selbst wenn du irgendein Problem hättest, gibt das niemandem das Recht, dich zu beschimpfen, stimmt's?«

»In meiner Klasse ist ein autistischer Junge«, sagt Suzy. Sie hält das Nagellackfläschchen gegen das Licht und betrachtet es, als versuchte sie hindurchzusehen. »Er ist nett und er ist klug.«

»Schön«, sage ich. »Aber du bist auch ziemlich nett und klug.« Ich frage mich, ob ihr bewusst ist, wie sehr sie sich von ihren Mitschülern unterscheidet, ob sie versucht, einen Sinn darin zu erkennen und eine Erklärung zu finden.

»Soll ich mit deiner anderen Hand weitermachen?«

»Wenn du möchtest.«

Suzy schraubt das Fläschchen auf und beginnt, die Fingernägel meiner linken Hand zu bemalen. »Manchmal unterhalten wir uns in der Mittagspause, aber ich glaube, ich sollte mich besser nicht mehr mit ihm abgeben«, sagt sie. Auf ihren Wangen bilden sich wieder rote Flecken. »Ich will ihn nicht traurig machen, aber wenn ich nicht mehr mit ihm spräche, wären die anderen Mädchen vielleicht nicht mehr so fies zu mir.«

Ich weiß nicht, was ich ihr sagen soll. Ich möchte, dass sie mutig ist und sich gegen die Mädchen behauptet und zu ihrem Freund steht, aber vielleicht ist das zu viel verlangt für ein achtjähriges Mädchen. »Was denkst du?«, sage ich schließlich. »Wie würdest du dich fühlen, wenn du das tun würdest?«

»Schlecht.«

»Es ist eine schwierige Situation«, gebe ich zu und beobachte, wie der winzige Pinsel meine Nägel mit glitzernd blauem Lack bestreicht. »Es wird besser, Suzy. Wenn du älter wirst. Dann findest du Leute, die so sind wie du, und die anderen Schüler sind nicht mehr so gemein zu dir.«

»Wann? Ich meine, wie viel älter muss ich werden?«

Ich zucke die Achseln und denke an all das, was ich mit Devika und Adriana durchmachen musste. »Ich weiß es nicht«, gestehe ich. »Auf der Highschool wird es wahrscheinlich besser. Ich meine, manche Schüler sind dann immer noch Ekelpakete, aber es ist nicht mehr so schlimm, wenn du erst eine gute Freundin oder einen guten Freund hast. Jemanden, der dich versteht.«

Sie hört auf, meine Nägel zu bemalen, hält das tropfende Pinselchen in der Hand und schaut mich an. »Jemanden wie Jeremy?«

Ich muss mich abwenden von ihrem kleinen Gesicht, ihren großen, hoffnungsvollen Augen. »Ja. Jemanden wie Jeremy.«

DER SINN DES GANZEN

Am Tag darauf lächele ich Adriana zu, als ich ihr in der Cafeteria begegne. Es passiert einfach unwillkürlich, wahrscheinlich aus Nervosität, aber sie lächelt zurück – strahlend und dankbar und, nun ja, aufrichtig. Ich habe versucht, nicht mehr an diese Party und das, was ich getan habe, zu denken, doch jetzt stelle ich alles infrage. Hat sie versucht, mir das Leben zu retten? War es ein Selbstmordversuch, die Tabletten zu nehmen? Alle anderen haben es anscheinend so gesehen, auch wenn ich ziemlich sicher bin, dass ich nie die Absicht hatte, zu sterben. Aber wenn man an Jeremy denkt – als er erkannte, dass er leben wollte, war er schon gesprungen. Niemand kann behaupten, er habe nicht versucht, sich das Leben zu nehmen. Mit dem Unterschied, dass es viel einfacher ist, sich nach fünf Paracetamol-Tabletten umzuentscheiden, als nach einem Sprung von einer neunzig Meter hohen Brücke.

Ich werde mit ihr reden, beschließe ich. Mich entschuldigen oder ihre Entschuldigung annehmen oder was auch immer. Ich glaube nicht, dass wir wieder Freundinnen werden, jedenfalls nicht so wie früher. Aber wenigstens hätte ich nicht mehr das Gefühl, wir seien Feinde. Ich nehme mir Salat und Eistee und gehe mit meinem Tablett zu ihrem Tisch. Sie sitzt mit Devika und ein paar anderen Mädchen zusammen, die ich nicht kenne. Devika schaut auf, die perfekten dunklen Augenbrauen überrascht in die Höhe gezogen, und ich verliere den Mut. Ich senke den Blick und gehe an ihnen vorbei.

Ich bin so ein Feigling.

*

Den ganzen Nachmittag bombardiert Jeremy mich alle paar Minuten mit Nachrichten.

Komm mich besuchen.

Sterbe vor Langeweile.

Rippen tun weh. Aua.

Weißt du was? Hab immer noch Langeweile.

Kannst du nach der Schule kommen?

Hey, hab was ganz Schräges geträumt. Erzähl's dir später.

Ehrlich gesagt weiß ich nicht, ob ich noch etwas über seine Träume hören will. Ich glaube, seine Träume waren Teil seines Problems; seine Träume gaukelten ihm vor, sein Bruder sei noch irgendwo da draußen und warte auf ihn. Jeremy denkt sich vielleicht nichts dabei, wenn er schreibt, er sterbe vor Langeweile, aber mich lässt der Anblick des Wortes *sterben* zusammenzucken. Und unwillkürlich frage ich mich, was er jetzt über mich denkt. Weiß er, dass ich nie ernsthaft vorhatte, zu springen? Oder glaubt er, ich hätte es mir anders überlegt oder Angst bekommen?

Und was ist mit dem Kuss? Wollte er mich vor seinem

Tod einfach einmal geküsst haben? Bedeutet er ihm jetzt noch etwas?

Konnte in Mathe nicht schreiben, antworte ich in der Pause. Kann heute Abend nicht kommen. Zu viele Hausaufgaben.

Seine Antwort folgt prompt. Und was ist morgen?

Ich weiß nicht, warum ich ihm aus dem Weg gehen will. Doch in Wahrheit weiß ich es genau: Allein bei dem Gedanken an ihn fühle ich mich schuldig und total verwirrt. O. k., morgen geht. Gleich nach der Schule.

Kann's kaum erwarten, dich zu sehen. Kann's kaum erwarten, dich zu sehen.

Ich starre auf mein Handydisplay. Jeremy hat mir gerade ein Smiley geschickt. Es ist, als hätte sich seine ganze Persönlichkeit verändert.

*

»Willst du heute Abend nicht zu Jeremy?«, fragt Bill, als wir beim Abendessen sitzen.

Ich schüttele den Kopf. »Tonnenweise Hausaufgaben. Ich hab ihm gesagt, dass ich morgen komme.«

»Ich verstehe.« Er gießt sich ein Glas Eiswasser ein und trinkt einen Schluck.

»Wie geht es ihm?«, fragt Vicky.

»Er langweilt sich und hat Schmerzen.«

»Seine arme Mutter«, sagt Vicky. »Ich mag mir gar nicht vorstellen, was sie durchmacht. Kennst du sie gut, Mel?«

»Ich kenne sie überhaupt nicht. Ich meine, ich bin ihr zwar ein paarmal begegnet, aber immer nur ganz kurz.«

»Ich hab überlegt, ob ich sie anrufen soll«, sinniert Vicky. »Aber ich will mich nicht aufdrängen.«

»Sie ist ziemlich förmlich«, sage ich. »Kein bisschen locker. Das ganze Haus ist perfekt in Ordnung.«

»Nun ja, sie hat eine Menge verloren, nicht wahr? Ihr jüngerer Sohn ist gestorben, ihr Mann hat sie verlassen.« Vicky lädt sich Salat auf den Teller und kippt reichlich Dressing darüber. »Vielleicht gibt ihr der perfekte Haushalt das Gefühl, ihr Leben unter Kontrolle zu haben.«

»Ich bitte dich«, sage ich. »Du kennst die Frau doch noch gar nicht, also hör auf, sie zu analysieren.«

»Tu ich doch gar nicht. Jedenfalls nicht mit Absicht. Ich wollte nur sagen, dass du ihr Verhalten nicht bewerten sollst.«

»Ich habe sie nicht bewertet«, widerspreche ich. »Wenn irgendjemand eine Wertung abgegeben hat, dann du. Ich habe nur gesagt, dass ihr Haus perfekt ist.«

Bill seufzt theatralisch. »Es reicht, ihr beiden.«

Ich schaue auf meinen Teller.

»Hättest du was dagegen, wenn ich sie anrufe?«, fragt Vicky. »Denn wenn es dir lieber wäre, dass ich es lasse ...«

»Mach, was du willst«, erwidere ich.

Und dann läutet das Telefon. Ich springe sofort auf. Vicky und Bill lassen es einfach klingeln, wenn sie beschäftigt sind – darunter fällt für sie nicht nur Essen, sondern auch Lesen oder Blumengießen –, aber ich kann das nicht. Ich denke immer, es könnte etwas Wichtiges sein, auch wenn es meist nur irgendjemand ist, der Reinigungsdienste oder unseriöse Pauschalreisen anbietet.

»Hallo?«

»Spreche ich mit Melanie?«

»Ähm, Melody. Ja.«

»Hier ist Mrs Weathers.«

Seltsames Timing. »Ähm, hallo. Ist mit Jeremy alles okay?«

»Es geht ihm gut. Der Arzt sagt, er kann wahrscheinlich Ende der Woche nach Hause.«

»Das ist ja schön!«

»Ja.« Sie klingt nicht überzeugt. »Ich habe mit der Schule telefoniert und sie stellen ein Hausaufgabenpaket für ihn zusammen. Ich wollte dich fragen, ob du es ihm bringen könntest, wenn du ihn morgen besuchst.«

»Natürlich. Kann ich die Sachen im Sekretariat abholen?«

»Ja. Das wäre eine große Hilfe.« Sie zögert. »Er sagt, er will nicht zurück in die Schule. Hast du vielleicht gehört, ob ... irgendetwas in der Schule passiert ist, das ich wissen sollte?«

»Sie meinen Mobbing oder so? Nicht dass ich wüsste.«

»Gut. Vielleicht könntest du mit ihm reden.«

»Sicher.« Er soll bloß zurückkommen. Ohne ihn wäre die Schule echt ätzend.

»Danke, Melody. Ich weiß, du bist ihm sehr wichtig.«

Eine Frage schwingt in ihren Worten mit. Etwa: Seid ihr zwei zusammen? Ich wünschte, ich wüsste die Antwort.

*

Am nächsten Tag erscheine ich nach der Schule mit lauter Büchern und Kopien von Jeremys Lehrern im Krankenhaus.

»Lass mich raten. Meine Mom hat dich angerufen.«

»Ja. Das hier ist von Mr Daniels, und das ist ...«

»Leg einfach alles da drüben hin«, unterbricht er mich und deutet auf den Tisch in der Ecke. »Ich hab ihr gesagt, dass ich nicht zurückgehe, aber sie will nichts davon hören.«

Ich lege die Bücher ab und setze mich auf den Stuhl neben seinem Bett. Er trägt normale Sachen und hängt nicht mehr an Geräten und Schläuchen. »Du siehst gut aus. Besser.«

»Ich fühle mich auch ziemlich gut, solange ich mich nicht bewege. Oder huste oder so.« Er lächelt mich an. »Es wird wohl eine Weile dauern, bis die Rippenbrüche verheilt sind. Man kann sie nicht in Gips legen, verstehst du?«

»Ja.« Ich ziehe die Beine an den Körper und schlinge die Arme um die Knie. »Ist das dein Ernst? Dass du nicht zurück zur Schule kommst, meine ich?«

Er nickt. »Hundert Prozent.«

»Du willst also wirklich die Schule abbrechen?«

»Ja.«

»Wieso? Ich meine, was willst du denn stattdessen machen? Ohne Highschoolabschluss kannst du nicht aufs College gehen.«

»Ich weiß. Aber wozu soll das gut sein?«

Ich starre ihn ungläubig an. »Ein Studienabschluss? Ein anständiger Job? Vielleicht sogar irgendeine sinnvolle Arbeit?«

»Das ist ja der Punkt«, sagt er eifrig. »Ich will etwas Sinnvolles tun. Ich habe diesen Sturz überlebt, Mel. Dafür muss es einen Grund geben. Etwas, das ich tun muss.«

Ich weiß nicht, was ich sagen soll.

Jeremy zeigt auf den Bücherstapel, den ich ihm mitgebracht habe. »All das da erscheint mir jetzt so bedeutungslos.«

»Ach ja? Deine Lehrer sehen das aber anders.«

»Stimmt. Sie glauben, all das Zeug spiele eine Rolle. Deshalb kann ich nicht zurückgehen, Mel. Ich kann nicht in der Klasse sitzen und Tests schreiben und so tun, als wären irgendwelche Buchstaben auf einem Blatt Papier wichtig.« Seine Augen suchen meinen Blick, dunkel und intensiv, als ob er in meinen Kopf schauen wollte. »Das verstehst du doch, oder?«

»Ja. Kann sein.« Es ist nicht vollkommen unwahr. Ich meine, natürlich finde ich auch vieles von dem, was wir in der Schule lernen sollen, ziemlich irrelevant. Natürlich ist mir bewusst, dass ich über alle möglichen Hürden springen muss, ohne dass es einen tieferen Sinn dahinter gäbe. Jeremy und ich haben über all diese Dinge gesprochen, seit wir uns kennen, doch keiner von uns kam auf die Idee, die Schule abzubrechen. »Wird deine Mom dir erlauben, von der Schule abzugehen?«

»Ich weiß es nicht«, sagt er. »Ich weiß nur, dass ich aus einem besonderen Grund gerettet wurde.«

Ich schüttele den Kopf und merke, dass mir die Tränen in die Augen schießen. Ich habe das Gefühl, ihn zu verlieren, als würde er sich unbemerkt davonmachen, an irgendeinen Ort, wohin ich ihm nicht folgen kann. »Die Schule wird echt blöd ohne dich«, sage ich.

VERRÜCKT IST NORMAL

Am Wochenende ist Jeremy wieder zu Hause. Er hat sich von der Operation erholt, und medizinisch gesehen können die Ärzte nicht mehr viel für ihn tun. Rippenbrüche scheinen eine langwierige Angelegenheit zu sein, und man kann nichts anderes machen, als sich zu schonen und Schmerzmittel zu nehmen, und dafür braucht man kein Krankenhausbett. Ich besuche ihn am Samstag, und wir sitzen auf seinem Bett und schauen Filme auf Netflix, aber wir reden nicht viel. Solange wir nicht miteinander sprechen, kann ich so tun, als wäre er noch derselbe Jeremy wie früher.

Seine Mom schwirrt um uns herum, räumt auf, legt Wäsche in den Schrank und findet ständig neue Entschuldigungen, um alle paar Minuten in sein Zimmer zu kommen und nach uns zu sehen.

»Was ist denn mit deiner Mutter los?«, frage ich schließlich.

»Gewöhn dich besser dran. Sie hat sich ein paar Tage freigenommen«, erklärt Jeremy und stoppt den Film. »Ich fürchte, sie dreht langsam ein bisschen durch.«

»Na ja, sie macht sich sicher Sorgen.«

»Sie findet, die Ärzte hätten mich noch nicht entlassen dürfen. Aber der Psychiater glaubt nicht, dass ich eine Gefahr für mich selbst und andere darstelle. Also hat er mich nach Haus geschickt.«

»Gehst du noch weiter zu ihm? Ich meine, gibt es eine Art Folgebehandlung?«

»Ja, ja. Mom wird mich noch zu verschiedenen Terminen schleifen.« Er schaut mich an. »Ich werde es nicht noch einmal versuchen. Ich meine, ich bin nicht suizidgefährdet oder so. Das weißt du doch, oder?«

»Ich denke schon.« Andererseits habe ich beim ersten Mal auch nicht geglaubt, dass er es tun würde.

»Denkst du noch daran?«, fragt er.

»Nein.« Ich rufe mir den Augenblick auf der Brücke ins Gedächtnis, sehe seinen Körper wie einen Stein ins Dunkle stürzen und erschauere. »Ich könnte das meinen Eltern nicht antun«, sage ich. »Selbst wenn es ganz schlimm kommen würde, glaube ich nicht, dass ich das fertigbringen würde.«

»Gut«, sagt er. »Es ist das Egoistischste, was ich je getan habe.« Er legt die Hand auf meinen Arm. »Ich werde es irgendwie wiedergutmachen. Ich weiß, es gibt einen Grund dafür, dass ich noch hier bin.«

Schon wieder dieselbe Leier. »Lass uns den Film weitergucken«, sage ich.

*

Als ich am Abend nach Hause komme, sitzt Vicky im Wohnzimmer am Rechner und hämmert auf der Tastatur herum wie auf einer altmodischen Schreibmaschine, während Bill in der Küche steht und ein Fischgericht zubereitet.

Ich rümpfe die Nase. »Können wir die Fenster aufmachen?«

»Nur zu.« Er hackt rote Zwiebeln auf einem Schneidebrett. »Wie geht's Jeremy?«

»Gut. Aber er sagt, er will nicht zurück zur Schule.« Ich nehme ein Stück Zwiebel und schnüffle daran, um den Fischgestank aus der Nase zu kriegen. »Das finde ich echt beschissen.«

»Mm, das stimmt.« Er deutet auf Vicky. »Deine Mutter hat schlechte Nachrichten bekommen. Das Gnadengesuch eines ihrer Schützlinge im Todestrakt wurde abgelehnt. Ein junger Mann, noch keine vierzig.«

»Letzter Antrag?«

»Ja. Alle Möglichkeiten ausgeschöpft. Die Exekution ist für heute in einem Monat angesetzt.«

»Das ist echt beschissen!« Mir wird klar, dass ich dieselben Worte benutzt habe wie in meinem Kommentar zu Jeremys Entschluss, die Schule abzubrechen. »Ich meine, mehr als beschissen.« Ich zögere und dann sprudeln die Worte aus mir heraus. »Ich weiß nicht, wie sie das schafft. Sie engagiert sich total für das Schicksal dieser Leute und muss hilflos zusehen, wie sie getötet werden.« Wieder stehe ich auf der Brücke, spüre den kühlen Wind im Gesicht, fühle, wie mir Jeremys Hand entgleitet, sehe seinen Sturz wie in Zeitlupe, sein bleiches Gesicht, das zu mir aufschaut. Mir wird schwindelig und ich muss mich an der Anrichte festhalten. Bill merkt nichts davon.

»Sie ist eben ein ganz besonderer Mensch«, sagt er und schiebt mich in Richtung Tür. »Geh und sag ihr, dass wir in fünf Minuten essen können, okay?«

*

Es ist verrückt. Jeremy ist zu Hause und in Sicherheit, aber ich bin ein Häufchen Elend. Ich muss immer an die schrecklichen Momente auf der Brücke denken, sehe ihn fallen, rufe mir all die Gespräche ins Gedächtnis, die jenem schrecklichen Abend vorausgingen. Verzweifelt suche ich nach irgendeiner Erklärung, komme jedoch keinen Schritt weiter. Meine Gedanken drehen sich im Kreis, und ich habe das Gefühl, als würden sie Rillen in mein Gehirn graben, die mit jeder Runde tiefer werden.

Am Montag fange ich in der Mathestunde an zu weinen und kann nicht aufhören. Ich meine, ich kann wirklich nicht aufhören. Es ist, als stünde ich neben mir und sähe tatenlos zu, wie bescheuert ich mich aufführe, mit laufender Nase an meinem Platz sitze und kaum noch Luft kriege. Schließlich lande ich schniefend und schluchzend in Mrs Paulsens Büro und versuche, mich zu beruhigen. Sie sitzt mir gegenüber und murmelt immer wieder »Ist schon gut« und »Tief Luft holen«. Ich starre an ihr vorbei auf die Bilder mit den Mut machenden Kätzchen. Auf einem Poster klettert ein pitschnasses Kätzchen aus einer Toilettenschüssel. Darunter steht der Spruch: *Es hätte schlimmer kommen können!*

»Sag mir einfach, was du denkst«, fordert Mrs Paulsen mich auf. »Was dir gerade so durch den Kopf geht.«

»Hoffentlich haben sie die Katze nicht wirklich ins Klo geworfen, nur um das Foto zu machen«, sage ich mit gepresster Stimme.

»Wie bitte?«

Ich schüttele den Kopf, atme ganz langsam aus, kralle meine Finger so fest zusammen, dass ich fühle, wie sich meine kurzen Nägel in die Handflächen graben. »Nichts. Tut mir leid. Es ist nur ... mir geht's gut. Wirklich.«

»Du hast ein sehr traumatisches Erlebnis hinter dir«, erklärt Mrs Paulsen. »Es ist vollkommen normal, dass du davon aus der Bahn geworfen wurdest. Es würde mich mehr überraschen, wenn es nicht so wäre.«

»Kann sein.« Ich hoffe, dass meine Mitschüler und Lehrer nicht über mich reden, aber garantiert tun sie genau das. Wahrscheinlich fragen sie sich, ob ich auch irgendwas Verrücktes plane. Von einer Brücke zu springen. Eine Überdosis. Todesengel.

»Kannst du gut schlafen?«

»Einigermaßen.«

»Was ist mit Essen?«

»Ganz normal.« Ich kann sie nicht ansehen. »Ähm, ich muss nur ständig daran denken. Manchmal kann ich nicht damit aufhören, oder es kommt mir ohne jeden Grund in den Sinn.«

»Das ist ganz normal, Melody. Vielleicht hast du manchmal das Gefühl, dass es dich in den Wahnsinn treibt, aber es ist völlig normal.« Sie öffnet eine Schublade ihres Aktenschranks und wühlt darin herum. »Hier, lies dir das durch.«

Sie reicht mir ein Blatt Papier. Blassrosa. *Seelische Reaktionen auf traumatische Ereignisse*, lautet die Überschrift.

Sie deutet mit einem kastanienbraun lackierten Fingernagel auf die Liste der Unterpunkte. »Siehst du? *Zwanghafte Gedanken. Wiedererleben des traumatischen Erlebnisses.*« Sie lächelt mich an. »Normale Reaktionen, Melody. Du verlierst nicht den Verstand.«

»Gut.« Ich reibe mir so heftig die Augen, dass ich winzige Farbpünktchen sehe. Verrückt ist also normal; gut zu wissen.

»Wie geht es Jeremy? Hast du ihn gesehen?«

»Ganz gut. Er ist wieder zu Hause.«

»Und machst du dir Sorgen um ihn?«

»Dass er es wieder tut, meinen Sie? Nein, das glaube ich nicht.«

Mrs Paulsen schweigt eine Weile und sitzt einfach da und wartet, ob ich noch etwas erzählen will. Aber mir fällt nichts ein, was ich sagen könnte.

»Dann gehe ich jetzt wohl besser zurück in den Unterricht«, erkläre ich schließlich, obwohl ich mich vor den Blicken und dem Getuschel der anderen fürchte.

Sie setzt sich gerade hin und nickt ein paarmal. »Wenn es irgendetwas gibt, worüber du mit mir reden möchtest, kannst du jederzeit zu mir kommen.«

KRISHNA-BEWUSSTSEIN

Nach der Schule schreibe ich Jeremy, dass ich ihn nicht besuchen könne, da ich zu viele Hausaufgaben hätte.

Mach sie hier, antwortet er.

Geht nicht. Das Referat zählt zu 60% für die Endnote in Sozialkunde.

Morgen?

Ja. Bis dann.

Aber in Wahrheit muss ich kein Referat abgeben. Ich will nur allein sein.

Vicky sitzt wie immer am Computer, das Telefon am Ohr. Sie unterbricht das Gespräch und legt die Hand auf die Sprechmuschel, als sie mich sieht. »Mel? Nina hat angerufen«, teilt sie mir mit. »Ruf sie zurück; sie fragt, ob du dich bald mal wieder um Suzy kümmern kannst.«

»Mach ich«, sage ich schweren Herzens. Momentan habe ich einfach nicht genug Kraft für Suzy. Ich habe nicht mal die Kraft, mit Nina zu sprechen.

Oben in meinem Zimmer kuschele ich mich aufs Sofa und öffne den Laptop, um mal wieder meine Mails und Twitter-Nachrichten zu checken.

Mein Handy vibriert. Jeremy schreibt: Kannst du wirklich nicht kommen?

Nein. Hab zu tun.

Eine halbe Minute später klingelt mein Telefon. Es ist Jeremy. »Komm doch bitte rüber! Bitte, bitte!«

»Ich kann nicht«, lüge ich und fühle mich schuldig. »Hör zu, ich habe jetzt auch keine Zeit zum Reden. Ich muss Suzys Mom anrufen.«

»Gehst du babysitten? Vielleicht könnte ich irgendwann mal mitkommen. Ich fand die Kleine ganz nett.«

»Vielleicht. Sie weiß nicht, äh, was passiert ist.«

»Logo. Ich bin doch nicht blöd. Ich würde es ihr nicht erzählen.«

»Ich weiß, ich weiß.« Aber Suzy ist nicht dumm: Ich würde eine Geschichte erfinden müssen, um seine Verletzungen zu erklären. Und ich hasse die Vorstellung, sie zu belügen. »Jeremy, ich muss jetzt wirklich Schluss machen«, sage ich.

»Okay.« Er klingt ziemlich niedergeschlagen, aber ich verdränge meine Besorgnis und rufe Nina an.

Sie wirkt erleichtert, von mir zu hören. »Mel! Ich bin so froh, dass du anrufst. Suzy hat riesige Probleme in der Schule.«

»Wird sie von den anderen Kindern geärgert?«

»Ja. Immer noch. Letzte Woche hatte ich einen Termin bei der Schulleiterin. Große Worte. Keinerlei Toleranz bei Mobbing und so weiter, aber das Problem ist, dass Kinder einfach grausam sind. Die Lehrer können nicht alles verhindern.«

»Arme Suzy.«

»Ja.«

Ich warte und frage mich, was sie von mir will.

»Wir möchten sie gern aus der Nachmittagsbetreuung herausnehmen«, sagt sie schließlich. »Anscheinend ist das Mobbing dort am schlimmsten.«

»Was ist mit eurer Arbeit?«, gebe ich zu bedenken. Jim ist Ingenieur und Nina arbeitet als Anwältin für eine gemeinnützige Organisation. Sie sind beide beruflich ziemlich engagiert. »Ich meine, sie kann doch nicht alleine zu Hause bleiben, oder?«

»Mm. Das ist der schwierige Teil unseres Plans und der Grund, aus dem ich dich anrufe.«

»Willst du, dass ich auf sie aufpasse?«

»Ich weiß, es ist eine große Bitte, aber glaubst du, du könntest jeden Tag ein paar Stunden herkommen? Ich bin um sechs zu Hause, also wenn du von drei bis sechs ...« Sie räuspert sich. »Du würdest denselben Stundenlohn bekommen wie immer.«

»Darf ich darüber nachdenken?« Ich liebe Suzy, aber ich weiß nicht, ob ich sie jeden Tag um mich haben möchte oder mich zeitlich so stark einbinden lassen will. Andererseits ist es schwer, Nein zu sagen, wenn jemand Hilfe braucht.

»Natürlich. Und Melody, du musst sie nicht beschäftigen. Du kannst gern deine Hausaufgaben mitbringen. Sie ist ja ziemlich eigenständig.«

»Müsste ich sie von der Schule abholen?« Ich frage mich, wie das gehen sollte, schließlich kann ich sie nicht einfach auf den Gepäckträger meines Fahrrades setzen.

»Eine Nachbarin hat angeboten, sie zu fahren. Sie holt jeden Tag ihren Sohn ab, also fährt sie ohnehin zur Schule. Sie heißt Diane; sie würde hier auf dich warten. Aber wenn du direkt nach der Schule herkommst, müsstet ihr eigentlich gleichzeitig hier sein.«

Nina hat schon alles durchdacht. Ich merke, wie meine Ablehnung dahinschmilzt. »Glaubst du, es läuft besser in der Schule, wenn sie um drei nach Hause kann?«, frage ich.

»Ich hoffe es. Wenn nicht, weiß ich auch nicht, was wir tun sollen«, sagt sie. »Ich musste mir heute freinehmen, weil sie sich geweigert hat, zur Schule zu gehen. Zum dritten Mal in diesem Monat.«

»Vielleicht könntet ihr sie zu Hause unterrichten«, schlage ich vor.

»Ich weiß nicht.« Sie seufzt. »Wir versuchen es so und dann sehen wir weiter.«

»Ja.« Ich atme einmal tief durch. »Okay. Ich mache es.«

*

Nach einer Woche zu Hause ist Jeremy wieder auf den Beinen und läuft herum. Er bewegt sich zwar langsam und vorsichtig, hat sich aber schon gut erholt. Körperlich zumindest. Er ist kräftig genug, den Wagen seiner Mom zu fahren und mich zu besuchen.

»Willst du wirklich nicht weiter zur Schule gehen?«, frage ich ihn. Es ist Samstagabend. Wir sitzen auf meinem Sofa und trinken die Erdbeermilchshakes, die Bill für uns gemacht hat. Er tut immer lauter gesundes Zeug hinein – neben der Eiscreme und den Erdbeeren auch so was wie Weizenkeime und Sojamilch –, aber vom Geschmack her würde man nicht darauf kommen.

Jeremy schüttelt den Kopf. »Damit bin ich fertig.«

»Suzy auch. Sie will nicht mehr zur Schule gehen.«

»Echt?« Er klingt nicht sonderlich interessiert. »Hör zu, hast du am Wochenende Lust auf einen Ausflug?«

»Machst du Witze? Du bist doch gerade erst aus dem Krankenhaus entlassen worden.«

»Mir geht's gut, Mel. Mach nicht so ein Theater; davon habe ich schon zu Hause mehr als genug. Ich habe online mit jemandem geredet und sie hat mich am Sonntagabend zu diesem Event in Gainesville eingeladen.«

»Was für ein Event? Wer hat dich eingeladen?« *Er redet online mit einem Mädchen?* Ich verdränge ein plötzlich aufwallendes Gefühl, bei dem es sich um Eifersucht handeln könnte.

»Sie studiert an der Uni«, erklärt er. »Nun ja, ich dachte, du würdest vielleicht gerne mitkommen.«

»Wäre das nicht irgendwie seltsam?«

»Häh?« Er sieht mich fragend an.

»Wenn sie dich eingeladen hat ... ähm, dann wäre es ihr sicher lieber, du würdest ohne mich kommen.«

Er lacht. Dann zuckt er zusammen und hält sich die Rippen. »So ist es nicht. Sie hat mich in einen Hare-Krishna-Tempel eingeladen.«

»Ein *Hare-Krishna-Tempel*«, wiederhole ich und kann mir kaum das Lachen verkneifen. Dann sehe ich, wie seine Gesichtszüge erstarren, und höre auf zu grinsen. »Im Ernst?«

»Ja. Total. Ich habe viel darüber gelesen.«

»Ist das nicht eine Art Sekte?«

»Nicht sektenhafter als alles andere. Eigentlich noch weniger sektenhaft als das Christentum. Hare-Krishnas lehnen nichts und niemanden ab. Sie gründen sich auf Hindu-Traditionen, aber es ist ebenso sehr eine Philosophie wie eine Religion.« Er trinkt einen Schluck von seinem Milchshake. »Mm. Schmeckt echt gut.«

Ich denke an Jeremys Besessenheit von luziden Träumen und wie verrückt ihn das gemacht hat, bis er überzeugt war, sein Bruder sei irgendwo da draußen und warte auf ihn. Das hier scheint mir in dieselbe Richtung zu gehen. »Du willst also zu dieser Tempelveranstaltung gehen?«, frage ich und versuche, Zeit zu schinden. Wenn es wirklich eine Sekte ist, sollte ich ihn vielleicht besser begleiten, damit er nicht in Schwierigkeiten kommt. Nicht dass ich schon Erfahrungen auf diesem Gebiet habe.

»Ja. Es klingt cool«, sagt er. »Sie meditieren, beten, tanzen. Und es gibt ein vegetarisches Festmahl, das ganz toll sein muss.«

»Aha.«

»Und dieses Mädchen – sie heißt Kamala –, sie ist in einer ehrenamtlichen Gruppe an der Uni. Sie bieten veganes Mittagessen für ganz wenig Geld an.«

»Bist du sicher, dass es keine Sekte ist?«

Er verdreht die Augen. »Ich zeige dir die Website, okay? Es ist alles ganz legitim. Das sind gute Menschen. Menschen, die etwas Gutes bewirken wollen.«

»Indem sie meditieren?«

»Indem sie ihr Bewusstsein erweitern. Das *Krishna*-Bewusstsein.« Er schaut mich eindringlich an. »Ich habe viel darüber gelesen und es ergibt wirklich Sinn. Und ich fühle mich richtig gut – glücklich. Und Kamala sagt, das sei ein erstes Zeichen dafür, dass man ein Krishna-Bewusstsein entwickelt.«

»Mir ist aufgefallen, dass du glücklicher bist als früher«, gebe ich zu. »Aber Jeremy, es hat sich nichts verändert. Ich kann mir nicht vorstellen, wie dadurch irgendetwas in Ordnung gebracht werden soll.« Am liebsten würde ich ihn fragen, wie es kommt, dass er derjenige ist, der von der Brücke gesprungen ist und sich jetzt total glücklich fühlt, und ich diejenige bin, die im Unterricht Heulkrämpfe kriegt. Wieso hat er mich geküsst und tut jetzt so, als wäre das nie passiert?

»Komm mit«, sagt er.

»Ich glaube, ich passe«, entgegne ich. Ich habe einen Kloß im Hals und das Gefühl, ihn im Stich zu lassen, aber ich mag einfach nicht in irgendeinen Tempel gehen, um zu meditieren und über Krishna zu reden. Mit einem Mädchen namens Kamala. Das wird nicht passieren. »Hör mal«, sage ich. »Ich habe daran gedacht, was du mir mal erzählt hast, dass du als Kind in der Schule geärgert wurdest.«

»Ja?«

»Suzy macht momentan wegen so etwas eine schlimme Zeit durch«, erzähle ich. »Und sie findet dich ziemlich cool. Wenn du mit ihr reden könntest – sie ermutigen könntest, vielleicht würde ihr das helfen.«

»Klar. Das kann ich machen. Wann bist du bei ihr?«

»In nächster Zeit jeden Tag nach der Schule«, sage ich. »Wann passt es dir? Je eher, desto besser.«

»Wie wär's am Montag?«

Ich lächele ihn an. »Perfekt. Ich rufe sie an und sage es ihr. Dann hat sie etwas, worauf sie sich freuen kann.«

*

Ich verbringe den Sonntag in meinem Zimmer und denke an Jeremy, der nach Gainesville gefahren ist, ohne mich. Ich schaue mir Hare-Krishna-Gesänge auf YouTube an – *Hare Krishna, Hare Krishna, Krishna Krishna, Hare Hare; Hare Rama, Hare Rama, Rama Rama, Hare Hare* – und stelle mir vor, wie Jeremy mitsingt. Mit einem Mädchen namens Kamala.

Die Leute in den Videos sehen glücklich aus. Sogar ekstatisch. Und der Witz ist, dass ich Jeremys Beweggründe irgendwie verstehen kann. Ich meine, wir wollen doch alle daran glauben, dass wir aus irgendeinem Grund hier sind, oder? Deshalb gibt es Religionen. Es liegt in unserer Natur, dass wir in unserem Leben einen Sinn erkennen wollen. Und Jeremy hat viel zu verarbeiten. Den Tod seines Bruders, den Weggang seines Vaters. Wie mein Dad sagte, hilft ihm vielleicht der Glaube, aus einem bestimmten Grund gerettet worden zu sein.

Aber müsste man dann nicht auch glauben, dass alles aus einem bestimmten Grund geschieht? Dass Lucas aus einem bestimmten Grund ums Leben kam? Oder dass es irgendeinen Sinn hatte, dass Jeremys Vater seine Familie verließ? Fängt man dann nicht an, alles hinzunehmen, einschließlich offenkundig schrecklicher Dinge wie Ramons Hinrichtung?

Ich starre auf die singenden jungen Männer auf dem Laptop-Bildschirm mit ihren rasierten Köpfen, dem breiten Grinsen und den halb geschlossenen Augen. Wenn es Jeremy glücklich macht, wenn es ihm hilft, eine Art Frieden zu finden, wäre das vielleicht schon genug. Aber ich kann mir nicht vorstellen, wie Hare-Krishna-Gesänge die Welt zu einem besseren Ort machen sollen.

Ich kann nicht verstehen, wie Jeremy sich einreden kann, dass es das ist, wofür er gerettet wurde.

Es klopft an meiner Tür. »Mel?«

»Hey.« Es ist Vicky. Ich schaue vom Computer auf und drehe mich um.

»Hausaufgaben?«

»Nein.« Ich deute auf den Bildschirm. »Jeremy ist zu einem Krishna-Event gefahren. Ich habe es gerade gegoogelt.«

»Wirklich?«, fragt sie verwundert.

»In Gainesville.« Und dann füge ich hinzu: »Mit einem Mädchen namens Kamala.«

»Oh.« Sie durchquert den Raum und setzt sich neben mich auf die Sofalehne. »Wieso macht dich das traurig?«

»Wer sagt, dass ich traurig bin?«

Sie legt den Kopf auf die Seite. »Du weinst, mein Schatz.«

Ich berühre meine Wange und meine Finger werden nass.

Sie legt mir den Arm auf die Schulter und drückt mich.

»Manchmal wünsche ich mir, du wärst noch klein und ich könnte dich auf den Schoß nehmen und dir sagen, dass alles wieder in Ordnung kommt, und du würdest mir glauben.«

»Sag's mir trotzdem«, bitte ich sie.

»Oh, Mel.« Sie schaut mir direkt in die Augen. »Es kommt wieder in Ordnung, Mel. Ich weiß nicht, wie, aber ich weiß, dass du es schaffst.«

»Was ist mit Jeremy?«, frage ich und fange richtig an zu weinen. Ich schließe die Augen und sehe seinen Körper in die Dunkelheit stürzen, sein geisterhaftes, bleiches Gesicht, das zu mir aufschaut. »Kommt er wieder in Ordnung?«

Sie steht auf, schlingt die Arme um mich und drückt mich an sich. »Ich hoffe es.«

»Ich weiß nicht, was ich tun soll. Wie ich ihm helfen soll.«

»Mach einfach das, was du immer gemacht hast«, sagt sie. »Sei einfach seine Freundin.«

Als seine Freundin hatte ich den Weg bereitet, der ihn zur *Skyway*-Brücke geführt hatte. »Ich war seine Freundin«, sage ich mit erstickter Stimme. »Du hast ja gesehen, was passiert ist.«

»Oh, Mel. Das war doch nicht dein Fehler.«

Ich bleibe stumm. Nach einer langen Pause sagt Vicky leise: »Bleib seine Freundin, Mel.«

»Das werde ich. Das bin ich.«

»Manchmal können wir Menschen nicht retten«, erklärt sie. »Und wenn wir uns das noch so sehr wünschen.«

ZOMBIE-MÄDCHEN

Als ich am Montag nach der Schule mit dem Rad über den Parkplatz fahre, winkt Adriana mir zu. Ich bremse, winke zurück und komme neben ihr zum Stehen. »Hey.«

»Hey.« Sie wirkt nervös. »Wie geht es deinem Freund, Jeremy?«

»Ganz gut.«

»Wann kommt er zurück zur Schule?«

»Ich weiß nicht, ob er wiederkommt. Er sagt, er will nicht.«

»Oh. Hat er vielleicht Angst, was die anderen von ihm denken?«

»Ich glaube nicht.« Doch vielleicht ist es so. Ich hätte Angst. Wenn ich schon Todesengel genannt wurde, weil ich ein paar Paracetamol-Tabletten genommen hatte, wie würden sie ihn erst nennen? Obwohl ich noch nichts in der Richtung gehört habe. Vielleicht war das, was er getan hat, einfach so grauenhaft, dass es allen vor Entsetzen die Sprache verschlagen hat.

»Ich wollte dich was fragen«, sagt Adriana. »Sollen wir uns nicht mal wieder treffen? Einfach ein bisschen rumhängen und quatschen?«

Ihre Wangen leuchten pinkfarben. Vielleicht fürchtet sie, ich könnte Nein sagen. »Mit Devika?«

»Nein. Ich meine, ich kann sie auch fragen, wenn du möchtest. Aber ich habe gedacht, nur wir beide.«

Ich muss schlucken. »Klar. Momentan muss ich jeden Tag nach der Schule babysitten. Aber vielleicht demnächst irgendwann.«

Adriana lächelt und ich erinnere mich daran, wie viel Spaß wir immer zusammen hatten. Aber man kann die Zeit nicht zurückdrehen. Man kann nicht all die schlimmen Dinge ausradieren, die passiert sind.

*

Ich fahre mit dem Rad zu Suzy. Ich erwarte, Ninas Nachbarin und ihren Sohn anzutreffen, aber es stellt sich heraus, dass Nina sich heute eine Stunde freigenommen hat, um mit Suzys Lehrerin zu sprechen, und Suzy selbst nach Hause bringen konnte. Sie trägt ihre Bürokleidung und muss gleich zurück zur Arbeit, greift nach Schlüssel und Aktentasche und schlüpft in ihre Stiefel. Sobald ich durch die Tür trete, rattert sie eine Liste von Anweisungen herunter (*Essen steht im Kühlschrank, Chili, einfach in der Mikrowelle erhitzen, Suzy will vielleicht Spaghetti dazu*) und Dankesbekundungen (*vielen, vielen Dank, wir wüssten nicht, was wir ohne dich tun sollten, du bist ein Engel*). Sie redet genauso schnell wie Suzy, jedoch ohne Suzys Ernsthaftigkeit. Nina lacht und lächelt immer, selbst wenn sie, wie jetzt, nervös und in Eile ist.

»Wir kommen schon klar«, beruhige ich sie. »Mach dir keine Sorgen.«

Auf der Eingangstreppe bleibt sie kurz stehen und dreht sich noch einmal um. »Oh, und Suzy hat gesagt, dass dein Freund Jeremy euch besuchen kommt. Du kannst ihn gern auf einen Teller Chili einladen; ich habe reichlich gekocht.«

»Super.«

»Und sag ihm Danke von mir.«

»Mach ich.«

Dann sitzt sie schon im Auto und fährt schwungvoll aus der Einfahrt.

*

Ich finde Suzy am Küchentisch, wo sie über den Hausaufgaben brütet. »Hey, Suzy.«

Offensichtlich erleichtert legt sie den Stift ab. »Mel! Rate mal, was passiert ist!«

»Was denn?«

»Ich geh nicht mehr in die Nachmittagsbetreuung.«

Ich lache. »Weiß ich doch längst. Deswegen bin ich doch hier, Dummerchen.«

»Wann kommt Jeremy denn?«

»Bald. Er wollte gegen vier hier sein. Sollen wir ihn zum Abendessen einladen?«

Sie springt auf und fällt mir so stürmisch um den Hals, dass ich ins Wanken gerate. »Ja! Hat Mom dir gesagt, dass sie Eis für uns gekauft hat? Regenbogen-Sorbet.«

»Klingt gut.«

»Glaubst du, er mag das?«

»Bestimmt.« Ich befreie mich aus ihrer Umklammerung. »Hör zu, wenn Jeremy kommt, darfst du ihn nicht so fest umarmen, okay? Seine Rippen sind empfindlich.«

»Wirklich? Wie kommt das denn?«

»Er ist gestürzt.«

»Oh. Armer Jeremy.« Sie klingt nicht allzu besorgt. Und zum Glück auch nicht allzu neugierig. Aber für Kinder sind Stürze ja auch nichts Besonderes. »Wie lange dauert's noch, bis er kommt?«

»Es ist bald vier. Er wird jeden Augenblick hier sein.« Ich deute auf ihre Hausaufgaben, die auf dem ganzen Küchentisch verteilt sind. »Woran arbeitest du? Sollen wir das fertig machen, bevor er kommt?«

Suzy schneidet eine Grimasse.

»Na los. Schaffen wir es aus dem Weg.«

»Es ist langweilig.«

»Ein Grund mehr, es so schnell wie möglich zu erledigen.«

Suzy verdreht die Augen, greift jedoch nach ihrem Bleistift. »Na gut.«

Manchmal führt sie sich mehr wie ein Teenager auf als ich. Unter Murren und Knurren hat Suzy ihre Arbeit um halb fünf erledigt. Doch Jeremy ist noch immer nicht da.

»Ruf ihn an«, fordert sie mich auf. »Vielleicht hat er's ja vergessen.«

»Bestimmt nicht. Wahrscheinlich ist er nur spät dran.«

»Dann sag ihm, er soll sich beeilen.«

Ich werfe ihr einen genervten Blick zu, ziehe mein Handy

aus der Tasche und schreibe ihm eine kurze Nachricht. Bin bei Suzy. Wo bleibst du?

Wir warten ein paar Sekunden und starren beide aufs Display, doch er antwortet nicht. Alles okay bei dir?

Immer noch keine Antwort.

»Wo er wohl ist?«

»Keine Ahnung.« Plötzlich spüre ich ein Engegefühl in der Brust und wieder sehe ich ihn fallen, von mir weg in die Dunkelheit stürzen.

»Mel!« Suzy starrt mich an.

»Was ist?«

»Du hast auf einmal so komisch ausgesehen.«

»Entschuldige. Ich bin nur ... ich habe mir nur ein bisschen Sorgen gemacht. Es ist nicht seine Art, einfach nicht aufzutauchen.«

»Ruf ihn noch mal an«, sagt sie.

Und ich versuche es. Wieder und wieder und wieder.

Dann rufe ich seine Mutter an. »Es ist sicher kein Grund zur Sorge«, beginne ich. »Ich meine, wahrscheinlich hat er es einfach nur vergessen.«

Ihre Stimme klingt angespannt, kontrolliert. »Ich weiß nicht, wo er ist«, teilt sie mir mit.

»Er antwortet nicht auf meine Nachrichten. Ich weiß, dass er gestern Abend wegwollte.«

»Er ist nicht nach Hause gekommen.«

Suzy flüstert: »Was hat sie gesagt? Kommt er?« Ich drehe mich von ihr weg und senke die Stimme. »Machen Sie sich Sorgen? Hat er angerufen oder sich sonst wie gemeldet?«

»Natürlich mache ich mir Sorgen, Melody«, blafft sie mich an. »Er ist mein Sohn.«

»Ich weiß. Entschuldigung. Ich meine, dass ich Sie bei der Arbeit gestört habe.« Ich zögere. Ich würde sie gern fragen, ob sie die Polizei angerufen hat, aber ich möchte es nicht vor Suzy aussprechen. »Ich habe mich nur gewundert ... es sieht ihm gar nicht ähnlich, einfach wegzubleiben. Glauben Sie, wir sollten jemanden anrufen?«

»Er hat eine Nachricht geschickt«, sagt sie müde. »Gestern Abend. Er schreibt, dass er ein paar Tage verreist ist.«

»Wie bitte?«

»Ich weiß genauso wenig wie du, Melody.« Sie räuspert sich. »Ich muss das Gespräch jetzt beenden.«

»Wenn er sich wieder bei Ihnen meldet, könnten Sie ihn bitten, mich anzurufen?«

Nichts. Und dann das Freizeichen. Sie hat einfach aufgelegt.

»Er kommt nicht, stimmt's?«, sagt Suzy tonlos.

»Nein. Nein, er wird nicht kommen.«

»War ja klar.« Sie hat die Schultern so hoch gezogen, dass sie fast ihre Ohren berühren. »Wahrscheinlich hat er was Besseres vor.«

Zum Beispiel mit Kamala Hare Krishna zu singen. »Nein«, widerspreche ich ihr. »Hat er nicht. Er ist einfach nur blöd.«

»Hast du dich mit ihm gestritten? Habt ihr Schluss gemacht?«

Ich streiche ihr eine Haarlocke aus der Stirn. »Es ist kompliziert.« Ich sehe, wie sie die Stirn runzelt und den Mund aufmacht, um zu protestieren, und lasse sie nicht zu Wort kommen. »Und damit meine ich nicht, dass du es nicht verstehen würdest, weil du noch ein Kind bist oder so. Die Probleme, die Jeremy und ich miteinander haben ... nun ja, die sind wirklich sehr, sehr kompliziert.«

»Erzähl mir davon.«

»In letzter Zeit war er sehr traurig. Und durcheinander.«

»Weil sein Bruder gestorben ist?«

Ich hatte ganz vergessen, dass sie davon weiß. »Das spielt wahrscheinlich eine große Rolle. Er hat viele widersprüchliche Gefühle, verstehst du?« Ich will mehr dazu sagen – einen aufmunternden Vortrag über schwierige, verwirrende Gefühle beginnen –, aber sie rutscht auf dem Stuhl herum und wendet sich von mir ab, und ich merke, dass sie das Interesse verloren hat.

Suzy schaut zum Gefrierschrank. »Meinst du, wir könnten erst Eis essen und das Chili als Nachtisch hinterher?«

Ihre Mutter wäre damit wohl nicht ganz einverstanden, aber was soll's? »Na klar, Suzy. Warum nicht?«

Ich fülle zwei Schälchen mit Eiscreme und wir plaudern über die Urknalltheorie und die neuesten Erkenntnisse über die Zusammensetzung der ersten Sterne. Besser gesagt, Suzy plaudert und ich nicke, sage Aha und Oh und denke an Jeremy. Vielleicht sollte ich mehr Mitgefühl haben, aber ich bin so wütend, dass ich ihn anschreien will. Er ist egoistisch. Erst als er ein achtjähriges Mädchen enttäuscht hat, ist mir das klar geworden, aber jetzt weiß ich, dass alles, was er getan hat, unglaublich selbstsüchtig war.

In diesem Moment möchte ich nicht mal mehr mit ihm befreundet sein.

*

Für den Rest der Woche schleppe ich mich zur Schule, passe nachmittags auf Suzy auf, esse mit meinen Eltern zu Abend, mache meine Hausaufgaben. Ich bin wie betäubt und stolpere wie ferngesteuert durch meinen Alltag. Ich rede mit Leuten auf dem Flur, wenn ich muss, aber es fühlt sich gezwungen und irreal an – als würde mich eine gläserne Wand von meinen Mitmenschen trennen. Ich versuche, mich normal zu benehmen. Ein paarmal muss ich mich in der Toilette verstecken, weil ich fürchte, weinen zu müssen, doch sobald ich allein bin, verschwinden die Tränen und ich fühle mich einfach nur leer und starre auf die bekritzelten Toilettenwände.

Ich überlege, zu Mrs Paulsen zu gehen, aber ich weiß nicht, was ich sagen soll.

Am Freitag fragt mich Vicky beim Abendessen nach Jeremy. »Du hast ihn ein paar Tage lang nicht gesehen, stimmt's? Ist alles in Ordnung?«

Ich zucke mit den Achseln, stochere in meinem Gemüse herum und schiebe ein unappetitliches Stück Aubergine beiseite. »Er ist weggefahren.«

»Wirklich? Wohin denn?«

Ich will nicht näher darauf eingehen. Ich weiß nicht, wieso, aber irgendwie schäme ich mich. »Er macht einen Besuch«, sage ich. »In Gainesville.«

»Dann geht es ihm wohl besser?«

»Sieht so aus.«

»Und was ist mit dir? Wir haben dich die ganze Woche kaum gesehen.«

Ich lege meine Gabel weg. »Viel zu tun.«

»Schaffst du alles, wenn du so viel bei Suzy bist? Ich weiß, du möchtest gerne helfen, aber du kannst Nein sagen.«

»Es ist okay.«

»Du solltest dir nicht zu viel aufladen.« Bill trinkt einen Schluck Wein und sieht mich über den Rand seines Glases an. »Du musst zusehen, dass dir noch genug Zeit für die Schule bleibt.«

Ich sehe ihn entgeistert an. Meine Eltern haben nie Theater wegen Zensuren oder Hausaufgaben gemacht. »Es ist okay«, wiederhole ich.

Vicky räuspert sich. »Wir hatten einen Anruf von der Schule.«

»Wirklich? Wieso?« Ich überlege, ob es Zwischenfälle gab, die zu einem Telefonanruf führen konnten, aber ich bin ratlos. Ich habe nichts angestellt.

»Von Mrs Paulsen.«

»Oh. Ich bin einmal bei ihr gewesen, direkt nach Jeremys ... direkt nachdem er von der Brücke gestürzt ist. Aber das ist alles.« *Und ich dachte, so etwas sei vertraulich.* »Sie hat mir nur ein paar Informationen über Suizid und so was gegeben.«

»Ich glaube, einige deiner Lehrer haben sie angesprochen.

Anscheinend machen sie sich Sorgen um dich. Kannst du dir vorstellen, was ihnen aufgefallen ist?«

Ach, nichts. Außer dass ich im Unterricht weine und mich den halben Tag im Klo einsperre und zu einem Zombie-Mädchen mutiert bin. Ich ziehe die Schultern hoch. »Es ist nicht leicht, versteht ihr? Aber mir geht's gut. Ich meine, ich werde nicht ... ihr wisst schon.«

»Was wirst du nicht?«

»Ich werde nicht tun, was Jeremy getan hat.« Ich will dieses Gespräch nicht führen.

»Du weißt, dass du immer mit uns reden kannst.« Bills Augenbrauen bilden fast eine durchgehende Linie. Seine Stirnfalten sind tiefer als sonst. »Jederzeit, Mel. Über alles.«

»Ich weiß«, erwidere ich. »Ich habe aber nichts zu sagen.«

Es folgt eine lange, unbehagliche Pause. Schließlich seufzt Vicky. »Mrs Paulsen sagt, ich soll dich dran erinnern, dass du jederzeit mit ihr sprechen kannst. Wenn du nicht mit uns reden magst. Manchmal kann man leichter mit Leuten sprechen, die nicht zur Familie gehören.«

»Nein. Ich meine, das ist nett von ihr, aber es gibt nichts zu reden. Jeremy ist einfach total durch den Wind. Das ist alles.«

»Du gibst dir doch wohl nicht die Schuld an dem, was passiert ist, oder?« Vickys Stimme klingt zögerlich, als erwarte sie, dass ich ausflippe, als sei ich so am Ende, dass man mich wie ein rohes Ei behandeln muss.

»Nein. Hat Mrs Paulsen das erzählt?«

»Nein.«

»Weil sie das wirklich nichts angeht.«

»Na, schön. Dann rede eben nicht mit ihr. Aber friss nicht alles in dich hinein.«

Ich schiebe meinen Stuhl zurück und stehe auf. »Könnten wir bitte von was anderem reden?«

Vicky seufzt. »Schließ uns nicht aus. Bitte, Mel.«

»Es gibt aber nichts zu sagen«, erkläre ich. Meine Worte klingen lauter als beabsichtigt. »Außerdem würdest du es sowieso nicht verstehen.«

»Machst du Witze?« Vicky hebt die Stimme, was sie sonst so gut wie nie tut. Bill legt die Hand auf ihren Arm, aber sie schiebt sie weg. »Glaub mir, Mel, ich weiß, wie es ist, wenn man jemanden nicht retten kann. Ich weiß genau, welche Schuldgefühle man als Überlebender hat.«

Das bringt mich zum Schweigen.

*

Etwas später gehe ich nach oben in mein Zimmer und lese das Buch, das Mrs Paulsen mir geliehen hat. Besonders das Kapitel über das Überlebensschuld-Syndrom. Ich hasse es, dass es einen Namen dafür gibt. Ich hasse es, dass es so alltäglich ist, so vorhersehbar. Anscheinend ist meine Wut auf Jeremy ganz *normal*. Nichts von alldem sorgt dafür, dass ich mich weniger schuldig fühle. Nichts davon verändert die Tatsache, dass ich vorgeschlagen habe, welche Songs er auf seine Suizid-Playlist setzen soll und welche Brücke sich für sein Vorhaben am besten eignen würde, und dass ich ihn sogar zu seiner Henkersmahlzeit begleitet habe, in der irrigen Annahme, es sei ein Date.

Die Autorin des Buches, Dr. Miriam Issenman, sagt, dass ich das Recht habe, wütend zu sein. Dr. Issenman hat keine Ahnung, denn sie geht nicht davon aus, dass Suizide oder Suizidversuche durch die Leute verschuldet wurden, die überleben und ihr Buch lesen. Genau wie alle anderen davon ausgehen, dass ich mir nichts vorzuwerfen habe und mich keine Schuld trifft an dem, was Jeremy getan hat. Doch es gab Millionen von Hinweisen und ich habe sie einfach alle ignoriert. Ich habe mich geweigert, zu erkennen, dass es ihm tatsächlich ernst war.

Ich ziehe mein Handy aus der Tasche und sehe die Fotos durch, bis ich einen Schnappschuss finde, den ich von Jeremy geschossen habe, als wir zusammen am Strand waren. Er sieht mich an, zieht die Brauen hoch, der Wind bläst ihm das dunkle Haar aus dem Gesicht, die Lippen sind zu einem angedeuteten Lächeln verzogen. Hinter ihm ist das graugrüne Wasser zu erkennen, in dem sein Bruder ertrunken ist.

Wenn Jeremy anruft, werde ich mich zusammenreißen, nehme ich mir vor. Ich werde ruhig bleiben, ihn unterstützen. Ich werde ihn wissen lassen, dass ich immer für ihn da bin. Ich werde nicht nach Kamala fragen und ich werde ihn nicht mit Vorwürfen bombardieren, weil er Suzy enttäuscht hat.

Wenn es irgendjemanden gibt, auf den ich wütend sein sollte, dann auf mich selbst.

DAVONLAUFEN

Eine ganze Woche lang kommt Jeremy nicht nach Hause. Er ruft nicht an, schreibt keine Nachricht, gibt keinerlei Lebenszeichen. Ich rufe seine Mom an und sie erzählt mir knapp, dass er immer noch fort ist. Wahrscheinlich ist er bei diesem Mädchen, Kamala – aber ich frage mich, ob er vielleicht einfach fortgegangen ist, eine Überdosis von irgendetwas eingenommen hat und irgendwo tot im Wald liegt.

Und dann, am Sonntagabend, steht er plötzlich vor meiner Tür. Mit kahl rasiertem Kopf.

Zuerst erkenne ich ihn gar nicht wieder. Ohne sein schwarzes Haar, das ihm immer in die Augen hing, sieht er vollkommen anders aus. Sein Adamsapfel tritt deutlich hervor und seine Schläfen und Wangen sind eingefallen. Er sieht aus wie jemand mit Krebs oder Aids im Endstadium.

»Jeremy?«

»Hallo, Mel. Wie geht's?«

Als hätten wir uns gestern noch gesehen. Als wäre er nicht eine ganze Woche lang wie vom Erdboden verschluckt gewesen. Als hätte er nicht mich und alle anderen, denen etwas an ihm liegt, in Panik versetzt.

»Ehrlich gesagt, habe ich mir etwas Sorgen um dich gemacht«, erwidere ich.

»Das brauchst du nicht. Alles ist gut.« Er grinst. »Besser als gut sogar.«

Ich trete zurück. »Willst du nicht reinkommen?«

Jeremy folgt mir in die Küche und ich schenke uns Wasser ein. »Bill und Vicky sind essen gegangen«, sage ich. »Sie müssten bald zurück sein. Hast du Hunger?«

»Nein, ich hab schon gegessen. Danke.« Er nimmt das Wasserglas entgegen und setzt sich an den Küchentisch.

Ich fühle mich unbehaglich und nehme ihm gegenüber Platz. »Und wo warst du die ganze Zeit?«

»In Gainesville.«

»Bei diesem Mädchen?« Ich bemühe mich um einen neutralen Tonfall, als wäre ich bloß neugierig.

»Bei Kamala. Ja. Und bei ihren Freunden. Sie sind alle Hare-Krishnas.« Er beugt sich zu mir rüber. »Es ist fantastisch, Mel. So wunderschön.«

»Und was machen sie so? Sie singen oder chanten doch, stimmt's?«

Ich denke an die Videos, die ich auf YouTube geschaut habe – an den Rhythmus ihrer Stimmen, ihre ekstatischen Gesichter. »Und was hat es mit dem kahl rasierten Schädel auf sich?«

Verlegen streicht er sich über den Kopf. »Fühlt sich komisch an. Es soll einfach sauberer sein, das ist alles. Und es zeigt, dass man es ernst meint.«

»Tust du das?« Wenn er glücklich ist, sollte ich es wohl

auch sein – doch stattdessen stehe ich kurz davor, in Tränen auszubrechen.

Jeremys Augen leuchten. »Es war einfach unvorstellbar, Mel. Das Chanten. Zuerst war ich ein bisschen skeptisch, aber dann habe ich einfach mitgemacht. Und nach ein paar Minuten – es ging ganz schnell –, da war es, als würde der ganze Müll – das ganze Getöse in meinem Kopf – einfach verschwinden. Keine Unruhe, keine Angst, nichts. Nichts als Frieden.« Er hält inne und schaut zur Decke, als erlebte er den Augenblick in Gedanken noch einmal. »Ich war so überwältigt, dass ich weinen musste.«

»Hm.« Es klingt total nach einer Sekte. »Und was ist dann passiert?«

»Oh, es wurde Musik gespielt und getanzt. Und jemand hat gesprochen. Er hat was aus der *Bhagavad Gita* vorgelesen und sogar ein paar Verse aus der Bibel. Er redete über Ignoranz und wie sie uns gefangen hält und dass wir auf unsere Gedanken achten müssen und dafür sorgen sollen, die richtigen Gedanken zu denken.«

»*Die richtigen Gedanken?* Klingt ein bisschen nach Orwells *1984*.«

»Nein, nein. So ist es nicht. Es ist nur so, ähm, falsche Gedanken zu haben lässt uns in Unwissenheit verharren. Kamala sagt, wie müssen uns von Illusionen befreien, und das können wir nicht, wenn wir glauben, dass unser Körper unser wahres Selbst ist und dass die materielle Welt alles ist, was es gibt.« Er stützt die Ellbogen auf den Tisch und legt das Kinn auf die gefalteten Hände. »Meist verfolgen wir materielle Ziele, die sich auf selbstsüchtige Wünsche gründen, aber wenn das Krishna-Bewusstsein und die Liebe zu Gott in unseren Herzen erwachen, verlieren wir das Interesse an diesen vergänglichen Dingen.«

Ich trinke einen Schluck Wasser. »Du und Kamala, seid ihr so was wie ein Paar?«

Er setzt sich gerade hin und schüttelt den Kopf. »Das wird eigentlich nicht gern gesehen.«

»*Nicht gern gesehen?* Du meinst Sex?«

»Ja. Es fesselt uns an die materielle Welt.«

»Dann hast du also ein Keuschheitsgelübde abgelegt, oder was?«, schnaube ich verächtlich.

»So ist das nicht gemeint, Mel.« Er klingt so ernsthaft. »Man glaubt nur, dass Sex nicht hilfreich ist bei der Entwicklung des wahren Krishna-Bewusstseins.«

»Aha.« Ich denke daran, wie er mich geküsst hat, kurz bevor er beschloss, zur Suizid-Brücke zu fahren.

»Als du so lange weg warst, bin ich fast durchgedreht, weißt du das?«

»Echt? Wieso?«

»Meinst du das ernst?« Ich starre ihn an. »Weil du einfach verschwunden bist, Jeremy. Weil du nur einen Abend wegbleiben wolltest und das war letztes Wochenende. Weil du meine Anrufe und Nachrichten nicht beantwortet hast.«

»Mein Handyakku war leer und ich hatte das Ladekabel nicht dabei.«

»Und du hast Suzy sitzen lassen. Das Mädchen, auf das ich öfter aufpasse, erinnerst du dich?«

Er sieht mich ahnungslos an.

»Du wolltest am Montag rüberkommen und mit ihr reden. Über Mobbing und so!«

»Ach, ja. Scheiße.« Er hebt die Hand, um die langen Haare zurückzustreichen, die nicht mehr da sind. »Das habe ich total vergessen.«

»Hab ich gemerkt. Und sie auch.« Ich mache ein grimmiges Gesicht und denke an den panischen Anruf bei seiner Mutter. »Und weißt du was, Jeremy? Wenn du einfach so verschwindest, machen Leute sich Sorgen. Besonders nach dem, was passiert ist.«

»Ich habe dir doch gesagt, dass ich so etwas nicht noch einmal machen werde.«

»Schön. Aber das heißt nicht, dass ich mir keine Sorgen mache.«

Er seufzt. »Können wir nicht einfach nach vorn schauen, Mel? Ich meine, ich bin hergekommen, um dir zu sagen, wie großartig alles gewesen ist. Kannst du dich nicht einfach für mich freuen?«

Schwarzer Zorn kocht in meiner Brust auf und droht hervorzubrechen. Ich balle die Hände unterm Tisch zu Fäusten und presse sie auf meine Oberschenkel. »Ich glaube, ich kann deine Begeisterung nicht teilen«, sage ich steif.

»Beim nächsten Mal musst du mitkommen. Die Leute kennenlernen, versuchen, mit ihnen zu chanten. Es ist unvergleichlich, Mel. Ich kann nicht beschreiben, wie gut es sich für mich anfühlt.«

»Es ist feige«, widerspreche ich. »Du läufst nur vor Problemen davon, wie du es immer tust. Wie an dem Tag, als wir deinen Vater gesucht haben. Weißt du noch? Du hast den Mut verloren und bist davongelaufen, und wir wissen, wie dieser Tag endete. Mit deinem Sprung von der Brücke.«

Er rückt mir wieder näher. »Ich muss mit meinem Vater sprechen. Das weiß ich. Aber die Brücke ... ich glaube, das musste passieren, Mel. Weil ich in dem Moment gemerkt habe, dass ich leben will. Und ich habe überlebt, was total verrückt ist, stimmt's? Ständig springen Leute von dieser Brücke und sterben. Aber ich nicht.«

Ich stehe so abrupt auf, dass mein Stuhl nach hinten kippt und auf die Bodenkacheln kracht. »Du wurdest nicht aus einem besonderen Grund gerettet, Jeremy. Es war reines, irres, wahnwitziges Glück.«

»Das glaube ich nicht«, widerspricht er.

»Nein. Du glaubst, du wurdest errettet, damit du in einer verfluchten orangefarbenen Kutte durch die Gegend tanzen und singen kannst«, schleudere ich ihm an den Kopf. »Das ist einfach total bescheuert, Jeremy.«

Er steht ebenfalls auf, langsamer als ich, die Hand an den Rippen. »Mel.«

»Ich weiß, du fühlst dich beschissen wegen deines Bruders, okay? Das verstehe ich.«

»Es hat nichts damit zu tun.«

»Blödsinn«, widerspreche ich. »Und ob es damit zu tun hat. Du denkst, ich weiß nicht, wie beschissen es sich anfühlt, wenn man sich eingestehen muss, dass man die Möglichkeit hatte, jemanden zu retten, und es nicht getan hat?«

»Mel«, sagt er wieder. »Mel ...«

Ich merke, dass ich angefangen habe zu weinen. »Manchmal kann man Leute nicht retten, Jeremy. Wie Ramon.«

»Wovon redest du? Was hat Ramon hiermit zu tun?«

»Alles«, entgegne ich. »Weißt du noch, als wir uns kennenlernten und du mir diese Nachricht geschickt hast? Unterzeichnet mit: *von deinem Kameraden im Todestrakt.*«

»Das war ein Witz, Mel. Das weißt du doch.«

»Aber es stimmt, nicht wahr? Also vielleicht solltest du dich einfach damit abfinden, dass wir alle irgendwann sterben, und mit der Zeit, die du hast, irgendetwas Nützliches anfangen.«

Er verschränkt die Arme vor der Brust und sieht mich zornig an. »Und lass mich raten: Du bist es, die entscheidet, was nützlich ist und was nicht.«

»Suzy zu besuchen und ihr zu helfen wäre nützlich gewesen«, sage ich. »Dein Versprechen, das du einem achtjährigen Mädchen gegeben hast, einzuhalten wäre nützlich gewesen. Ein kleines Mädchen wie sie hängen zu lassen ist ein ziemlich großes Versagen.«

»Es gibt kein Versagen für jemanden, der Krishna erfreut.«

Am liebsten hätte ich sein selbstgefälliges Gesicht geohrfeigt. »Oh, hat Kamala dir das verraten?«

Jeremy reibt sich den kahlen Schädel. »Ach darum geht es also? Du bist eifersüchtig!«

»Nein. Ich bin stinksauer, dass du so selbstsüchtig bist. Ich bin stinksauer, dass du diesen Sturz überlebt hast und trotzdem dein Leben fortwerfen willst.« Meine Stimme wird lauter und lauter, und jedes Mal, wenn ich seinen rasierten

Kopf sehe, würde ich ihm am liebsten eine reinhauen. »Ich meine, Hare-Krishna? Das kann doch nicht dein Ernst sein? Denn wenn es dir nur darum geht, dich gut zu fühlen, kannst du dir genauso gut Heroin spritzen.«

Plötzlich höre ich hinter mir Geräusche und drehe mich um. Meine Eltern stehen in der Küchentür. Sie haben ihre Jacken noch an und sehen uns besorgt an. Ich frage mich, wie viel sie mitbekommen haben.

»Entschuldigt, dass wir hier so reinplatzen«, sagt Bill. »Freut mich, dich wiederzusehen, Jeremy.«

»Mich auch.« Jeremy räuspert sich. »Ich sollte besser gehen.«

»Okay«, sage ich.

»Wegen uns musst du aber nicht gehen«, sagt Vicky.

»Nein, wirklich, ich ...« Jeremy nickt verlegen und weicht mir aus, dann dreht er sich um und geht zur Tür. Wortlos sehe ich ihm nach.

Vicky legt mir die Hand auf die Schulter. »Ist alles in Ordnung mit dir?«

»Ja. Nein. Eigentlich nicht.« Meine Kehle ist wie zugeschnürt und die Worte bleiben mir im Hals stecken.

»Ich habe ihn zuerst gar nicht erkannt«, meint sie. »Die Haare.«

Ich nicke.

»Ich mach uns einen Tee«, schlägt Bill vor.

»Gute Idee.« Vicky sieht mir mit festem Blick in die Augen. »Sollen wir dich allein lassen? Oder willst du mit uns darüber reden?«

Ich ziehe die Schultern hoch. Ich weiß nicht, was ich will.

»Wir wollten nicht lauschen«, sagt Bill. »Aber ein paar Worte habe ich ungewollt mitbekommen.«

»Schon okay«, sage ich. »Wir sind ziemlich laut geworden.«

Bill nimmt drei Tassen aus dem Schrank und hängt in jede einen Teebeutel. Dann dreht er sich um und lehnt sich an die Anrichte. »Nimmt er Drogen?«

»Drogen? Nein.«

»Ich will nicht neugierig sein, aber ich dachte, ich hätte dich irgendwas über Heroin sagen hören.«

Ich starre ihn einen Moment lang an und versuche mich zu erinnern. »Oh. Nein, er nimmt nichts.«

Vicky legt den Kopf auf die Seite und mustert mich. »Bist du sicher? Du weißt, du kannst uns alles ...«

»Ich habe nur gesagt, er könnte sich genauso gut was spritzen.« Es bleibt eine Weile still und meine Worte scheinen noch in der Luft zu hängen. Es klingt schrecklich – jemandem, der gerade einen Suizidversuch überlebt hat, so etwas ins Gesicht zu schreien. »Er ist sowieso schon dabei, sein Leben wegzuwerfen«, sage ich entschuldigend.

Bill holt Milch aus dem Kühlschrank. »Willst du Zucker?«

»Nein.« Ich hebe den umgekippten Stuhl auf, setze mich an den Tisch und stütze die Ellbogen auf. »Ich weiß, ich hätte das nicht zu ihm sagen sollen. Das braucht ihr mir nicht zu erzählen.«

Vicky setzt sich mir gegenüber auf den Platz, den Jeremy gerade verlassen hat. »Das hatte ich auch gar nicht vor.«

Ich muss schlucken und habe Mühe, die Tränen zurückzuhalten. »Er hat sich den Hare-Krishnas angeschlossen«, sage ich. Der Wasserkessel pfeift, gleichzeitig höre ich Bill leise kichern. »Das ist nicht zum Lachen«, fahre ich ihn an. »Es ist eine Sekte. Die reinste Gehirnwäsche.«

Bill gießt Wasser in die Tassen und stellt sie auf den Tisch. »Tut mir leid. Ich hätte nicht lachen sollen. Es ist nur, dass ich als Student auch mal so eine Phase hatte.«

»Du?« Ich kann mir meinen Vater nicht beim Chanten vorstellen. Oder mit rasiertem Kopf.

Meine Mutter wirkt ebenfalls überrascht. »Ich glaube, davon hast du mir gar nichts erzählt.«

Er zuckt mit den Schultern. »*Phase* ist vielleicht ein bisschen übertrieben. Ich bin zu ein paar Treffen gegangen und habe versucht, die *Bhagavad Gita* zu lesen.«

»Wieso?«, will ich wissen.

Bill sieht mich entschuldigend an. »Ich würde gerne sagen, es sei ein Teil meiner großen philosophischen Sinnsuche gewesen, aber die Wahrheit ist, dass ich eingeladen wurde und Freunde gesucht habe.«

»Ähm ...«

»Ich war noch minderjährig«, erklärt er. »Ich konnte noch nicht in Bars gehen.«

Vicky lachte. »Wie lange hat es angehalten?«

»Oh, vielleicht ein, zwei Wochen.« Er sieht mich an. »Klingt, als würde Jeremy tiefer in der Sache stecken.«

»Er ist wahrscheinlich ziemlich verwundbar«, sagt Vicky. »Mel, glaubst du wirklich, es ist eine Sekte?«

»Ich weiß nicht. Sind nicht alle Religionen eine Art Sekte?«

»Du weißt, was ich meine. Machst du dir Sorgen um ihn?«

»Natürlich.« Plötzlich fühle ich mich erschöpft. »Aber ich glaube nicht, dass sie ihn im Würgegriff haben oder ihm sein Geld abknöpfen, wenn du das meinst.«

Bill gießt etwas Milch in meinen und seinen Tee, stellt die Packung zurück in den Kühlschrank und setzt sich zu Vicky und mir an den Tisch. »Jeder muss auf seine eigene Weise einen Sinn im Leben finden, Liebes. Ich glaube nicht, dass er Schaden nimmt. Vielleicht hilft es ihm, Frieden mit allem zu schließen.«

»Wie könnte es das? Ich meine, ist es nicht eher eine Möglichkeit, Problemen aus dem Weg zu gehen?«

»Was meinst du damit?«, fragt Vicky. »Was sollte er denn deiner Meinung nach tun?«

»Ich weiß es nicht.« Ich blinzele ein paar Tränen weg. »Ich will ihn nur zurückhaben, wie er war, bevor das alles passiert ist.«

»Was bedeutet das? Inwiefern war er da anders als jetzt?«, hakt Vicky nach.

Ich erinnere mich an seine Besessenheit von luziden Träumen, seinen Glauben an Reinkarnation, seine Überzeugung, dass sein Bruder durch seine Träume mit ihm kommunizierte. »Vielleicht war er gar nicht anders. Ich weiß es nicht ... Er stellt sich einfach nicht der Realität. Er akzeptiert nicht, dass sein Bruder tot ist.«

»Mm. Das ist auch schwer zu akzeptieren.«

»Ich könnte mir vorstellen, an all diese Dinge zu glauben hat ihn überhaupt erst in Schwierigkeiten gebracht«, mutmaße ich. »Er dachte zum Beispiel, dass er durch den Sprung von der Brücke wieder mit seinem Bruder zusammen sein würde.«

»Hat er das zu dir gesagt?«

Stille senkt sich über uns herab. Ich spüre meinen Herzschlag. »Ich hätte wissen müssen, dass er es tun würde«, flüstere ich. »Ich hätte in der Lage sein müssen, ihn aufzuhalten.«

»Nein, mein Schatz«, mischt Bill sich ein. »Du darfst dir nicht die Schuld geben.«

»Du hast ja keine Ahnung!« Mein Gesicht und meine Arme sind eiskalt und kribbeln, als strömte das ganze Blut in meinem Körper zum Herzen, um es noch schneller rasen zu lassen. »Ihr wisst nicht, was ich wusste. Ich wisst nicht, was ich alles zu ihm gesagt habe.«

»Nichtsdestotrotz ...«, beginnt Bill, bricht jedoch ab, als meine Mutter die Hand auf seinen Arm legt.

»Lass sie ausreden«, mahnt sie.

Und beide bleiben schweigend sitzen und warten.

Wenn ich es ihnen jetzt nicht erzähle, werde ich es nie tun. Wenn ich es jetzt nicht rauslasse, werde ich es für immer versteckt halten, verborgen unter unzähligen Schichten von Lügen. Ich werde es immer mit mir herumtragen, wie eine vergiftete, schimmernde Perle, die mich nach und nach tötet.

»Es war meine Idee«, flüstere ich so leise, dass sich meine Eltern über den Tisch beugen müssen, um meine Worte zu verstehen. »Ich habe es zuerst gesagt. Irgendwann mal in der Schule. Er war gerade so down und ich hab gesagt ... ich hab gesagt: Wir könnten zusammen von der *Skyway*-Brücke springen.«

Ich sehe, wie Vicky vor Schreck zusammenzuckt. »Hast du es ernst gemeint?«

»Nein. Aber ich habe es vorgeschlagen.«

»Leute machen Witze über alle möglichen Dinge«, sagt Bill. »Das ist ganz normal. Manche sagen: *Ich würde lieber sterben, als noch so eine Fakultätssitzung durchzustehen.* Oder: *Ich schlitze mir die Pulsadern auf, wenn ich noch einen Studenten über eine Zwei plus jammern höre.* Das heißt doch nicht, dass man wirklich vorhat, sich umzubringen.«

»Wir haben besprochen, was wir als Henkersmahlzeit essen würden«, fahre ich fort. Mein Gesicht glüht, meine Augen brennen, doch dann sprudelt auch das letzte demütigende Detail aus meinem Mund. »Wir sind in ein Restaurant gefahren. Und ich dachte, es sei, na ja, ein Date.«

»Oh, Mel«, sagt Vicky. »Mein armer Schatz.«

»Ich dachte ... ich weiß auch nicht, was ich gedacht habe.« Ich fange an zu weinen. »Ich wusste nicht, dass er es ernst meint. Ich wusste nicht, dass er wirklich ... Selbst an dem Abend auf der Brücke ... ich habe nicht geglaubt, dass er springt.«

Meine Mutter nimmt mich ganz fest in den Arm.

»Nichts davon bedeutet, dass es dein Fehler war«, erklärt Bill. »Gar nichts.«

»Er hat eine Entscheidung getroffen«, sagt Vicky.

»Ich hätte es wissen sollen«, murmele ich gegen ihre Schulter.

»Vielleicht«, sagt Vicky, und ich bin so überrascht, dass ich zurückweiche und ihr ins Gesicht sehe. »Wenn du älter wärst, vielleicht. Wenn du mehr Erfahrung im Umgang mit Menschen hättest, die schlimme Probleme haben. Aber Mel, ich bin Therapeutin. Ich habe einen Masterabschluss; ich arbeite seit vielen Jahren mit Menschen, die unter Depressionen und verschiedenen Traumata leiden. Ich habe eine Fortbildung über Suizidprävention gemacht. Und ich habe trotzdem Patienten durch Suizid verloren. Mehr als einen.«

»Ich wette, du hast niemandem vorgeschlagen, von der Brücke zu springen«, sage ich.

»Nein.« Sie schenkt mir ein angedeutetes Lächeln. »Aber das liegt daran, dass ich eine ausgebildete Therapeutin bin.«

»Mensch, Vicky.« Ich weiß nicht, ob ich lache oder weine oder beides gleichzeitig mache. »Das ist nicht lustig.«

»Ich weiß. Ich weiß.« Sie sieht mich fest an. »Es ist schrecklich. Und deshalb muss man manchmal lachen. Du solltest mal die Witze im Todestrakt hören.«

»Sie machen Witze übers Sterben?«

»Sie müssen sich darüber lustig machen, um die Situation zu ertragen.«

»Ich habe immer gedacht, Jeremy würde nur so daherreden. Weil die Schule manchmal so grässlich ist und wegen all dem, was mit seinem Bruder und seinem Dad passiert ist. Ich habe das mit dem Sterben immer nur so dahingesagt. Ich dachte, er sagt das auch nur im Scherz.«

»Vielleicht hat er das ja auch«, sagt Bill leise. »Vielleicht war es ihm auch nicht ernst damit, bis zu dem Moment auf der Brücke. Vielleicht war es ein Impuls. Nicht geplant.«

»Meinst du?« Ich würde mich irgendwie besser fühlen, wenn ich daran glauben könnte. Nicht so dumm und nicht so schuldig.

»Ich weiß es nicht«, gesteht Bill. »Wieso fragst du ihn nicht einfach?«

Ich denke an den Streit, den wir gerade hatten, an die Worte, die ich nicht zurücknehmen kann – feige, bescheuert, selbstsüchtig –, und ich frage mich, ob ich je wieder Gelegenheit haben werde, mit ihm darüber zu sprechen.

LOSLASSEN

Nach unserem Streit rufe ich Jeremy nicht an und er meldet sich auch nicht bei mir. Ein paar Tage vergehen, dann eine Woche. An einem Abend verabrede ich mich mit Adriana. Wir trinken Dads Milchshakes und machen einen Spaziergang. Bill und Vicky freuen sich, sie wiederzusehen, aber es ist alles ein bisschen unbehaglich und steif und merkwürdig langweilig, und ich weiß nicht, wie viel wir eigentlich noch gemeinsam haben. Es zeigt mir, wie sehr ich Jeremy vermisse. Dennoch ist es gut, dass wir nicht mehr verfeindet sind. Bevor sie zum Bus geht, um nach Haus zu fahren, sage ich ihr, dass ich verstehen kann, warum sie damals den Krankenwagen gerufen hat, und einsehe, dass es richtig war, obwohl es mir lieber gewesen wäre, sie hätte es bleiben lassen. Sie nickt nur und sagt Danke, aber die Erleichterung, die sich in ihrem Gesicht ausdrückt, bringt mich fast wieder zum Weinen.

Ich quäle mich durch den Schulalltag und fühle mich immer noch wie ein Zombie. Einmal gehe ich zu Mrs Paulsen, und während ich auf dem hellblauen Stuhl sitze und die Katzen-Poster anstarre, frage ich mich, wie lange ich wohl noch durchhalten muss, bis es mir endlich wieder besser geht. Ich erzähle ihr von Jeremy und den Hare-Krishnas. Ich weine nicht. Sie sagt, dass Jeremy seinen eigenen Weg finden muss und dass ich mich auf mich selbst konzentrieren soll. Sie meint, wenn ich mich in ein paar Wochen immer noch so mies fühle, solle ich besser zum Arzt gehen. Ich frage sie, ob das eine Empfehlung ist, mir Antidepressiva verschreiben zu lassen, und sie lacht und sagt, vielleicht. Sie ist nett, aber es fühlt sich komisch an, mit einer Fremden zu reden, und ich glaube nicht, dass ich noch einmal zu ihr gehen werde. Es sei denn, es geht mir noch schlechter.

Jeden Tag nach der Schule fahre ich zu Suzy. Ehrlich gesagt ist das der beste Teil meines Tages. Suzy ist der einzige Mensch, der nicht von der Sache mit Jeremy weiß, und es ist eine riesige Erleichterung, einfach mit ihr zusammen zu sein und ihrem Geplapper über Sterne und Galaxien und ihre neue Leidenschaft, die 1920er-Jahre, zuzuhören. Stundenlang studieren wir Websites, informieren uns über den Wirtschaftsboom der Nachkriegszeit, *Flapper*-Mädchen, Jazz, Mode, Art déco. Wir drucken Bilder von jungen Frauen aus New York, New Orleans, Paris und Berlin aus. Suzy sammelt Fotos der Schauspielerin Louise Brooks, lässt sich einen Bubikopf schneiden, zeichnet junge Frauen in ärmellosen Kleidern mit tiefer Taille und überlegt, ob sie nicht lieber Modedesignerin statt Astronomin werden soll. »Aber rauchen werde ich nie!«, lässt sie mich wissen, während sie das spindeldürre Mädchen, das sie gerade zeichnet, mit einer Rauchwolke umgibt.

»Gut«, sage ich. »Das will ich auch hoffen.«

»Aber ich finde die Zigarettenspitzen so toll«, gesteht sie wehmütig.

Ich verdrehe die Augen.

»Fändest du es schräg, wenn man so was sammeln würde?« Sie vollendet ihre Zeichnung mit einer kunstvoll geschnitzten Zigarettenspitze.

»Zigarettenspitzen?« Ich muss lachen. »Nicht schräger als Briefmarken oder Baseball-Bilder. Nicht so bescheuert, wie Beanie-Babys zu sammeln. Und überhaupt, wen kümmert es, wenn's schräg ist? Ich mag schräge Sachen.«

»Ich weiß nicht, ob meine Mom es mir erlauben würde.«

»Frag sie.«

»Damals haben sie es noch nicht gewusst.«

»Was haben sie nicht gewusst?«

»Dass das Rauchen einen umbringen kann.« Sie zeigt auf das Schwarz-Weiß-Foto auf ihrem Bildschirm: eine alte Aufnahme von einem überfüllten Jazzklub in New Orleans mit lauter fröhlichen jungen Leuten, umgeben von einer wogenden Rauchwolke. »Sieh sie dir an. Sie fanden sich glamourös.« Sie mustert mich argwöhnisch, die großen Augen dick umrundet mit Eyeliner, den sie von ihrer Mom stibitzt hat. »Hast du schon mal geraucht, Mel?«

»Nein«, lüge ich, ohne zu zögern. »Niemals.«

»Gut«, sagt sie. »Denn ich will, dass du ganz, ganz lange lebst.«

»Ich auch«, stimme ich ihr zu, und mir wird klar, dass dies, anders als meine vorherige Notlüge, der Wahrheit entspricht.

Es läutet an der Tür. Suzy zieht die Nase kraus. »Ich weiß, wer das ist.«

»Wer denn?«

»Die Zeugen Jehovas.«

Ich muss lachen. »Warum sagst du das?«

»Weil sie vor ein paar Wochen schon mal hier waren und ich sie reingelassen habe«, erwidert sie. »Mom war sauer, aber ich wollte hören, was sie zu sagen hatten.«

»Und?«

»Laaaaangweilig! Und jetzt kommen sie immer wieder. Und Mom ist zu höflich, um sie wegzujagen.«

»Ich aber nicht.« Ich hasse es, wenn Leute anderen ihren Glauben aufzwingen wollen, und habe keine Probleme damit, sie wissen zu lassen, dass sie nicht willkommen sind. Ich gehe zur Tür und höre Suzy nervös kichern. »Keine Angst, ich werde nicht grob. Ich sage ihnen nur, dass sie nicht wieder herkommen sollen.«

Ich öffne die Tür ...

... und Jeremy steht vor mir.

»Ach du bist das!«, ruft Suzy. »Was ist denn mit deinen Haaren passiert?«

»Hab sie abgeschnitten«, sagt er. »Genau wie du. Aber deine sehen besser aus als meine.«

Sie berührt ihre kurzen Haare. »Ich bin jetzt ein *Flapper*-Mädchen.«

»Mir gefällt's. Und es tut mir leid, dass ich zu spät komme.«

»Viel zu spät«, entgegnet sie. »Über eine Woche zu spät,

glaube ich! Aber das ist schon okay. Isst du immer noch gerne Eis?«

»Für mein Leben gern«, erklärt er mit ernster Miene, bevor er sich an mich wendet. »Vicky hat gesagt, dass du hier bist. Entschuldige, dass ich nicht vorher angerufen habe.«

»Kein Problem«, sage ich. »Willst du nicht reinkommen?«

»Gerne.«

Jeremy setzt sich an den Küchentisch. Während ich drei Schälchen mit Regenbogeneis fülle, mustere ich Jeremy verstohlen und versuche herauszufinden, ob er böse auf mich ist, und frage mich, ob es irgendwas zu bedeuten hat, dass sein Kopf nun mit schwarzen Stoppeln bedeckt ist. Wenn er anfängt, Suzy etwas über das Krishna-Bewusstsein zu erzählen, bringe ich ihn um.

Suzy trägt zwei Schälchen zum Tisch, schiebt eines zu Jeremy und setzt sich neben ihn. »Mel passt jetzt jeden Tag auf mich auf, hat sie dir das erzählt? Ich gehe nicht mehr in die Nachmittagsbetreuung.«

»Ist das gut?«

»Sehr gut. Aber es wär noch besser, wenn ich gar nicht mehr zur Schule müsste.«

»Ich geh nicht mehr in die Schule«, erklärt er.

Ich schüttele warnend den Kopf. Was soll die Bemerkung? Es ist nicht so, als hätte Suzy eine Wahl.

»Willst du denn nie wieder hingehen?«, fragt sie.

»Nein.«

»Niemals?«

»Ich glaube nicht.«

»Was ist mit der Uni?«

Jeremy schaufelt sich einen Löffel neonfarbenes Eis in den Mund. »Was soll damit sein?«

Suzy macht ein mitleidiges Gesicht. »Du kannst nicht zur Uni gehen, wenn du die Highschool nicht zu Ende machst.«

»Ich will nicht zur Uni. Es muss ja nicht jeder studieren, oder?«

»Ich will studieren«, sagt Suzy entschlossen. »Ich würde am liebsten sofort hingehen. Wusstest du, dass das MIT einen der weltbesten Astronomie-Studiengänge bietet?«

»Du willst Astronomie studieren?«

»Vielleicht. Oder Modedesign.«

»Hm.« Nachdenklich leckt er den Eislöffel ab. »Melody hat mir erzählt, dass du nicht gern zur Schule gehst.«

»Ich gehe nicht gern zur *Grundschule.*«

»Ich bin auch nicht gern gegangen.« Er sieht mich an, als überlegte er, wie viel er sagen soll. »Kinder können ganz schön fies sein. So war es jedenfalls bei mir.«

»Hat Mel dir gesagt, wie die Kinder mich nennen?« Suzy schaut zu mir. Ich schüttele den Kopf. »*Stinki!* Sie nennen mich Stinki!«

»Stinki?«, fragt er. »Wieso das denn?«

»Erst fing es mit Suse an, dann wurde Stinke-Suse daraus und jetzt sagen alle Stinki?« Suzy attackiert das restliche Eis in ihrem Schälchen mit dem Löffel. »Ich hasse sie.«

»Vielleicht haben sie selbst Probleme«, sagt er.

»Was meinst du damit?«

Ich betrachte sein Gesicht – die lilafarbenen Schatten unter den dunklen Augen, die blau geäderten Schläfen, den beim Schlucken hervortretenden, ausgeprägten Adamsapfel – und frage mich, was er denkt.

»Probleme in ihrem eigenen Leben«, sagt er. »Vielleicht zu Hause.«

»Du meinst, dass ihre Eltern sich scheiden lassen? Oder dass sie von ihnen geschlagen werden?«

»Vielleicht.« Er zieht die Schultern hoch. »Ich glaube, glückliche Menschen sind meistens auch nett zu anderen Leuten.«

Suzy denkt über diese Aussage nach und rührt in ihrem fast geschmolzenen Eis herum. Nach einer Weile blickt sie zu ihm auf. »Viele Kinder sind gemein zu mir. Ganz viele.«

»Vielleicht gibt es viele Leute, die unglücklich sind«, mutmaßt er.

Ich bin mir nicht sicher, ob dies ein hilfreicher Gedanke ist – sehr aufmunternd klingt er jedenfalls nicht –, doch Suzy wirkt interessiert. »In meiner Schule? Oder auf der ganzen Welt?«

»Vielleicht beides.«

»Du meinst, sie können nichts dafür, dass sie gemein sind?«

»Ich glaube, wenn Leute sehr unglücklich sind, dann denken sie überhaupt nicht an andere Menschen. Sie fühlen sich so mies, dass ihnen gar nicht in den Sinn kommt, dass andere Leute auch Gefühle haben. Und sie tun ihnen weh, ohne es zu wollen.« Jeremy sieht mich an und fährt fort. »Manchmal sind sie so unglücklich, dass sie ganz furchtbare Dinge tun. Dinge, die anderen wehtun.«

Redet er über sich selbst? Und über mich?

Suzy glaubt ihm nicht. »Sie sagen nicht aus Versehen Stinki zu mir«, sagt sie.

»Nein. Aber vielleicht ist ihnen gar nicht klar, dass es dir wehtut, wenn sie dich so nennen.«

»Ich habe ihnen gesagt, dass ich es nicht mag«, entgegnet sie.

»Das ist gut«, sage ich. »Es ist gut, wenn du für dich selbst einstehst.«

»Trotzdem hören sie nicht auf.«

Jeremy nickt. »Als ich so alt war wie du, haben sie mich Spasti genannt und Volltrottel.«

»Das ist schrecklich.« Suzy taucht den Löffel in ihre Eiscremesuppe und leckt ihn wieder sauber. »Aber nicht so schlimm wie Puh oder Stinktier.«

»Es wird besser«, tröstet er sie.

»Wann?«

»Ähm, auf der Highschool? Das kommt dir sicher vor wie eine Ewigkeit.«

»Das *ist* eine Ewigkeit.«

»Vielleicht findest du bald eine gute Freundin oder einen guten Freund«, sage ich. »Selbst wenn die anderen Kinder weiter gemein zu dir sind, geht es dir besser, wenn du jemanden hast, auf den du zählen kannst.«

»So wie du und Jeremy«, sagt sie.

Ich sehe zu Jeremy und er erwidert meinen Blick. Seine Augen schimmern feucht.

»Ja«, sage ich und meine Stimme bebt ein wenig. »Wie ich und Jeremy.«

Er steht auf. »Ich glaube, ich gehe jetzt besser.«

»Ich bring dich zur Tür«, sage ich.

Jeremy nimmt Suzy zum Abschied kurz in den Arm, wogegen sie zu meiner Überraschung nichts einzuwenden hat, und ich begleite ihn zur Haustür. »Jeremy? Ist alles in Ordnung mit dir?«

»Ja. Was ich gesagt habe, war ernst gemeint. Es tut mir wirklich leid, Mel.«

Ich folge ihm durch die Tür auf die Veranda, damit Suzy uns nicht hören kann.

»Was tut dir leid?«

»Alles. Dass ich so auf mich selbst fixiert war und dich nicht richtig wahrgenommen habe. Dir das anzutun. Vor deinen Augen zu springen.« Er schüttelt ratlos den Kopf. »Selbstsüchtig, nicht wahr?«

»Mir tut es auch leid«, erwidere ich. Meine Kehle ist wie zugeschnürt und Tränen treten mir in die Augen. »Ich hätte dich aufhalten sollen. Ich habe nicht geglaubt, dass du es tun würdest.« Ich erinnere mich daran, wie mein Dad mir riet, ihn zu fragen, aber ich habe Angst vor dem, was er antworten könnte.

Doch er beantwortet meine unausgesprochene Frage. »Ich glaube, ich wusste erst in dem Moment, als wir dort oben ankamen, dass ich es tun würde. Erst als wir tatsächlich oben auf der Brücke standen und nach unten schauten.«

Ich bin wieder dort, sehe das schwarze Nichts unter uns, fühle, wie seine Hand aus meiner Hand rutscht. »Warum hast du es getan?«, flüstere ich.

Er sieht mir direkt in die Augen. »Soll ich die Wahrheit sagen? Ich weiß es nicht.«

»Du bist von einer Brücke gesprungen.« Meine Stimme bebt und droht in ein Schluchzen überzugehen. »Wie kann es sein, dass du nicht weißt, warum?«

»Ich gehe zu diesem Therapeuten. Und ich finde irgendwelche Erklärungen. Aber ich habe das Gefühl, als würde ich mir nur Geschichten ausdenken, damit er etwas auf seinen Notizblock schreiben kann. Über Lucas, über meine Mutter, über meinen Dad.« Er hält kurz inne. »Er hat mich kein einziges Mal besucht. Im Krankenhaus, verstehst du? Mom hat mit ihm geredet, aber er ist nicht gekommen.«

»Arschloch«, sage ich. »Das ist mies.«

»Ich meine, ich habe mit dem Therapeuten über all das gesprochen. Ich verstehe, dass ich Gründe hätte, Depressionen oder sonst was zu entwickeln.« Er sucht meinen Blick, als wolle er sich vergewissern, dass ich ihn verstehe. »Aber all das mit diesem Abend zu verbinden? Das fühlt sich an, als würde ich Sachen erfinden. Weil nichts davon wirklich erklärt, warum ich es getan habe.«

»Und was ist die Erklärung dafür? Was sagt denn dein Therapeut?« Ich weiß, ich dränge ihn zu einer Antwort, die er vielleicht nicht weiß, aber ich kann nicht aufhören. Ich muss wissen, warum. »Ich meine, was ist dir an dem Abend durch den Kopf gegangen?«

»Als wir auf der Brücke standen und nach unten geschaut haben? Nichts.« Er zuckt die Achseln. »Loszulassen schien einfacher, als weiterzuleben.«

*

Als ich nach Hause komme, sitzen Vicky und Bill im Wohnzimmer und sehen sich einen Film an. Auf der Sofalehne steht eine Schüssel Popcorn. Bill drückt auf Pause. »Hallo, Mel.«

»Popcorn zum Abendessen?«, frage ich.

»Gibt nichts Besseres. Setz dich doch zu uns. Wir haben den Film gerade erst angefangen. Er soll gut sein.«

Ich nicke und sie rutschen auseinander und machen Platz für mich. Ich setze mich und spüre ihre Besorgnis und ihr Bemühen, sich nichts anmerken zu lassen.

»Alles okay?«, fragt Bill.

»Ja.« Ich sehe zuerst ihn und dann Vicky an. »Ja, wirklich. Zwar nicht perfekt, aber ganz okay.«

Sie warten, dass ich weiterspreche. Bills Daumen ist über der Play-Taste.

»Jeremy ist bei Suzy gewesen.«

»Redet ihr beiden wieder miteinander?«, fragt Vicky.

»Es war nicht so, dass wir bewusst nicht miteinander gesprochen haben«, sage ich. »Aber ja, wir haben uns unterhalten.«

Sie drückt mein Knie.

»Spiel den Film ab«, sage ich und lehne mich zwischen ihnen zurück.

*

Nach dem Film gehe ich in mein Zimmer und ziehe das Buch aus dem Regal, das Jeremy mir vor einigen Wochen geliehen hat: *Der Mythos des Sisyphos und weitere Essays.* Ich habe es bislang noch nicht gelesen, doch jetzt liege ich auf meiner Couch, schlage es auf und erkenne auf Anhieb die ersten Worte wieder: *Es gibt nur ein wirklich ernstes philosophisches Problem: den Selbstmord. Sich entscheiden, ob das Leben es wert ist, gelebt zu werden oder nicht, heißt auf die Grundfrage der Philosophie antworten.*

Das hat Jeremy zitiert, als wir zum allerersten Mal miteinander gesprochen haben, und ich hab im Scherz geantwortet, dass Shakespeare es als Erster gesagt hat. Ich blättere das Buch durch, lese hier und da ein paar Stellen, klammere mich an den Worten fest, als könnten sie mir irgendwie erklären, was mit Jeremy los ist. Ich weiß, es ist dumm; ich weiß, ich finde in dem Buch keine Antworten.

In den Erläuterungen zu *Der Mythos des Sisyphos* steht Folgendes: Die Götter verdammten Sisyphos dazu, einen riesigen Felsblock einen Berg hinaufzurollen. Und wenn er nach großen Mühen endlich oben ankam, rollte der Fels zurück und er musste noch einmal von vorn anfangen. So ist das Leben, denke ich – nicht gerade die fröhlichste Weltsicht. Und dann fällt mein Blick auf einen mit schwarzer Tinte unterstrichenen Satz, der Stift wurde so fest aufgedrückt, dass der Strich sich ins Papier eingegraben hat. *Stets werde ich mir selbst ein Fremder sein.*

Und vielleicht ist das die einzige Antwort, die ich jemals bekommen werde. Vielleicht kann Jeremy sie mir nicht geben, weil er sie selbst nicht weiß. Er wusste sie nie. All unsere Gespräche über Selbstmord – über Camus, die Brücke, die Playlist und die letzte Mahlzeit –, ich hatte gedacht, dass er dadurch auf die Idee gekommen sei. Aber wenn die Idee noch nicht dort gewesen wäre, hätten wir diese Gespräche gar nicht geführt. Vielleicht war der Plan am Ende gar nicht so ausschlaggebend wie der Impuls. Dieser Moment auf der Brücke, als er gesprungen ist und ich nicht.

Ich entschloss mich, zu leben. Er entschloss sich, loszulassen.

Vielleicht spielte das Warum gar keine Rolle. Vielleicht war es gar nicht die richtige Frage.

Ich greife nach meinem Telefon und rufe Jeremy an. Es ist schon ziemlich spät, doch er geht gleich beim ersten Klingeln dran. »Mel?«

»Jeremy? Du wirst es doch nicht noch einmal tun?«

»Ich glaube nicht.«

Stets werde ich mir selbst ein Fremder sein. »Glaubst du es wirklich, wirklich nicht?«

Er lacht. »Wirklich, wirklich nicht.«

»Gut.«

»Rufst du deshalb an?«

»Irgendwie schon. Ich habe das Buch gelesen, das du mir geliehen hast. Camus.«

»Ach, ja. Armer alter Sisyphos.«

»Es ist deprimierend.«

»Hast du es ganz gelesen?«

»Nur überflogen«, gestehe ich. »Ziemlich schwere Kost.«

»Du solltest den letzten Teil lesen.«

»Wird es weniger deprimierend?«

»In gewisser Weise. Er sagt, man soll sich vorstellen, dass Sisyphos glücklich ist und sein Schicksal annimmt.«

»Tatsächlich?« Ich blättere die Seiten durch. »Ich versuche, es zu lesen«, verspreche ich, obwohl mir schon klar ist, dass ich es wahrscheinlich nicht tun werde. Ich mag lieber Romane und ich habe noch ganze Stapel davon – Geburtstagsgeschenke, Weihnachtsgeschenke vom letzten Jahr –, die ich noch nicht gelesen habe. »Hör zu, sollen wir uns treffen? Morgen Abend vielleicht? Oder ...«

Es folgt eine Pause. Eine ziemlich lange Pause. »Äh, ich würde dich gern sehen, aber morgen kann ich nicht.«

Ich warte.

»Ich fahre morgen für ein paar Tage nach Gainesville.«

»Zu den Hare-Krishnas?«

»Ja.«

»Okay«, sage ich. »Ruf mich an, wenn du zurück bist. Wenn du Lust hast, meine ich.«

»Klar.« Seine Stimme klingt erleichtert. Wahrscheinlich hatte er Angst, ich würde wieder ausflippen. »Ich rufe dich an. Ich bleibe wahrscheinlich übers Wochenende dort. Aber vielleicht könnten wir ja am Montag oder Dienstag was unternehmen. Zum Strand fahren. Mit Suzy vielleicht, wenn du willst.«

»Da würde sie sich freuen.«

»Meinst du?«

»Danke, dass du sie besucht hast.«

»Ja, wurde aber auch Zeit, stimmt's?«

»Stimmt.«

Er lacht. »Dann sehen wir uns bald wieder?«
»Ja«, sage ich. »Du weißt, wo du mich findest.«

DANKSAGUNG

Dank an meine fabelhafte Lektorin Sarah Harvey für ihre geistreichen Anregungen; an meine Coffeeshop-Schreibkollegen Kari Jones und Alex Van Tol für ihre Inspiration und ihre Tipps; und an meine wunderbare Familie für ihre grenzenlose Liebe und Unterstützung.

Robin Stevenson

Robin Stevenson, geboren in England, ist in Kanada aufgewachsen und hat bereits in vielen Teilen der Welt gelebt. Sie hat zahlreiche Kinder- und Jugendbücher verfasst und zehn Jahre lang als Beraterin und Sozialpädagogin gearbeitet. Inzwischen ist sie hauptberuflich Schriftstellerin und freie Lektorin.

Christoph Wortberg
Der Ernst des Lebens macht auch keinen Spaß

Roman, 192 Seiten (ab 14), Gulliver 74659
Ebenfalls als E-Book erhältlich (74450)
Nominiert für den Deutschen Jugendliteraturpreis

Lenny hat seinen älteren Bruder Jakob immer bewundert. Den Großen, den Alleskönner. Doch jetzt ist Jakob tot. Lenny beginnt, Fragen zu stellen. Wer war sein Bruder? Wer ist er selbst? Und was, zum Teufel, ist der Sinn des Lebens ohne Jakob? Da trifft Lenny auf Rosa. Sie kannte seinen Bruder. Besser als er ahnt …

Simon van der Geest
Krasshüpfer

Aus dem Niederländischen von Mirjam Pressler
Roman, 239 Seiten (ab 14), Gulliver 74894
Nominiert für den Deutschen Jugendliteraturpreis

Hidde (oder »Spinnerling«, wie ihn alle nennen) ist ein Außenseiter. Er sammelt Insekten aller Art. Dass er dafür den Keller nutzen kann, hängt mit dem Geheimnis zusammen, das er mit seinem großen Bruder Jeppe teilt. Doch jetzt will Jeppe den Keller für seine Band haben. Der Konflikt eskaliert und erst im letzten Moment kommen die Brüder zur Besinnung.

GULLIVER
www.beltz.de
Beltz & Gelberg, Postfach 10 01 54, 69441 Weinheim

Tankred Lerch

Der Rüberbringer oder Ein irrer Trip zwischen Leben und Tod

Roman, 304 Seiten (ab 14), Beltz & Gelberg 81239
Ebenfalls als E-Book erhältlich (75789)

In Reds Leben geht alles schief, sogar der Versuch, es zu beenden. Statt ewigem Frieden herrscht jetzt Chaos. Denn Red hat Joe – den »Rüberbringer« – an der Backe. Und den will Red wieder loswerden; sei er nun real oder eingebildet! Doch das ist nicht so leicht, denn Joe hat eine Mission: Er will Red den Sinn des Lebens erklären und hat dafür ziemlich eigenartige Methoden …

Antje Wagner

Hyde

Roman, 408 Seiten (ab 14), Beltz & Gelberg 75435
Ebenfalls als E-Book erhältlich (74680)

Seit sie denken kann, ist Hyde Katrinas Zuhause gewesen. Hier ist sie aufgewachsen, mit ihrer Schwester Zoe und ihrem Vater. Jetzt ist Hyde verschwunden – und Katrina auf sich allein gestellt. Von dem was geschehen ist, weiß sie nur noch Bruchstücke. Ihre Suche nach der Wahrheit führt sie auf die Spur eines ungeheuren Geheimnisses. Ist sie überhaupt diejenige, die sie glaubt zu sein?

GULLIVER
www.beltz.de
Beltz & Gelberg, Postfach 10 01 54, 69441 Weinheim